KB165381

천리길도 한걸음부터

천리길도 한걸음부터

재미로 읽는 111개의 한영 속담 해설

초판 1쇄 발행 2021년 9월 15일

펴 낸 곳 | 해누리
펴 낸 이 | 김진용
지 은 이 | 김순진
편집주간 | 조종순
디 자 인 | 종달새
마 케 팅 | 김진용

등   록 | 1998년 9월 9일 (제16-1732호)
등록변경 | 2013년 12월 9일 (제2002-000398호)
주   소 | 서울시 영등포구 당산로 20길 13-1
전   화 | (02) 335-0414   팩스 | (02) 335-0416
전자우편 | haenuri0414@naver.com

ISBN 978-89-6226-122-6(03810)

재미로 읽는 111개의
한영 속담 해설

해누리

"
천
리
길
도 한
걸
음
부
터
"

김순진 지음

CONTENTS

다

마

바

자

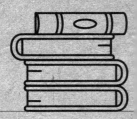

　평소에 나는 속담의 매력에 끌려있었다. 천태만상 인생살이의 모습을 짤막한 문장으로 응축해서 표현한 것이 '재치의 극치'라고 생각했기 때문이다. 속담을 내용별로 분류하면 세상살이에 대한 단순한 관찰, 사람들의 어리석음을 지적하는 것, 사람들에게 세상을 살아가는 처세술을 가르쳐주는 것 등으로 분류할 수 있다. 또 속담 중에는 특정지역이나, 특정문화에만 적용되는 것이 있는가 하면, 어떤 것은 지역과 문화에 제한 없이 범인간적인 속성에 대한 언급을 한 것도 있다. 속담의 정확한 원산지를 알아내는 것은 쉽지 않다. 세계 여러 종교의 경전에서 유래한 것이 많고, 특히 한국 속담에는 중국고사에 나오는 가르침을 한국어로 번역된 것이 많다.

　이러한 속담이 나에게 흥미를 준 또 하나의 이유는, 한국 고유의 속담으로 알고 있었던 것들 중에서 서양에도 같은 내용의 속담이 있다는 것을 알게 되었기 때문이다.

속담 내용이 비슷하거나, 거의 같은 것은 물론이고, 사용된 어휘까지 같은 것을 보고 놀란 적이 여러 번 있었다. 어느 한 지역에서 생긴 속담이 다른 지역으로 전파, 번역이 되어 생긴 현상인지, 또는 전 세계 사람들의 공통적인 경험에서 나온 우연의 일치 현상인지는 확실한 답을 얻기 어려웠다.

이 책에서 나는 한국 속담과 서양 속담 중에서 내용이 같거나, 비슷한 속담 111개를 골라 간단한 해설을 부쳤다. 어디까지나 나의 상식과 주관에서 나온 것이고, 학문적인 연구의 절차를 거친 객관적인 해설은 아니라는 것을 밝혀둔다. 이어서 이 책에 소개된 속담들이 동서양의 비슷한 내용의 속담들의 전부도 아니고, 소개된 해설도 어디까지나 개인 입장이기 때문에, 독자들 나름대로의 의견이나 해설이 있을 수 있다.

한편, 한국 속담과 영어로 된 속담 중에서 뜻이 비슷하거나, 같은 것들을 함께 묶어 소개한 것은 두 언어를 공부하는데 도움이 될 수도 있다는 부차적인 목표도 있었다. 그러나 두 언어로 된 속담을 통해서 한국어와 영어를 공부하는데 도움이 되리라는 희망은 실현성이 없다는 것을 깨달았다. 속담에 사용된 언어들이 현재 사용되는 어휘가 아닌, 옛날 표현을 쓴 것이 많고, 현대 문법에 맞지 않는 표현도 많기 때문이었다.

그 다음으로 밝히고 싶은 것은, 나의 한정된 경험 때문에 속담 속에 담긴 내용을 설명하고, 해설을 부치는데 한계를 느낄 때가 많았다는 것이다. 대부분이 간접적인 경험으로 이해가 가능한 것이 있었지만 직접 경험에서 오는 실감은 전달할 수 없었다.

속담은 어디까지나 세상 사람들의 가치와 풍속을 비유하는 속담(俗談)에 불과하다. 과학적으로 증명된 진리는 아니다.

끝으로 동서양의 공통적인 뜻을 가진 속담들은 이 책에 소개된 것 외에 더 많이 있을 것이다. 이 분야에 관심있는 분들이 계속해서 이들 속담을 찾아내서 문화의 독창성과 동질 또는 이질적인 문화들 사이의 교류의 역사를 계속 연구하기를 바라면서 서문을 마친다.

2021년 8월

김순진

"
111개의
한영 속담
해설
"

001 가난 구제는 나라도 못한다.

21세기에 들어서서 호사, 사치스러운 생활이 상위계층에서는 물론이고 중산층에까지 보편화된 것이 미국을 비롯한 선진국의 모습이다. 그러나 이 풍요의 세상을 벗어나보면 지구의 구석구석에 전기도 수도도 없는 흙집에서 살며, 평균 수명이 선진국의 반도 미치지 않고, 물 한 동이 길어오기 위해 1마일을 걸어야 하는 극심한 가난에서 사는 사람들도 많다.

극심한 가난의 모습은 지구의 오지에만 있는 것이 아니다. 세계에서 제일 부자 나라인 미국도 마찬가지다. 미국의 또 다른 모습은 대도시 한가운데에 천막을 치고 살면서 쓰레기통에 버린 음식을 찾아서 먹고, 길거리에 배설을 하는 홈레스들의 비참한 삶이다. 아무리 사회 보장 제도를 도입하고, 기본 건강보험을 제공하고, 주거비를 보조해 주어도 가난의 수렁에서 빠져 나오지 못하는 사람들이 적지 않은 것이 21세기 풍요 세상의 아이러니이다.

　　역사적으로, 수많은 군주나 지도자들이 가난한 사람들은 쓸모없고, 구제할 가치가 없는 존재로 아예 관심 밖으로 내버린 경우도 있었다. 반면 이들을 빈곤의 늪에서 구제하려고 노력했던 군주나 지도자들도 있었다. 그렇지만 아무리 묘안을 내서 가난 구제를 하려고 해도, 가난의 굴레를 완전히 없애 버리는 것은 불가능하다는 냉혹한 현실에 부딪쳤을지 모른다. 이 속담은 지도자들의 무관심이나 무능을 정당화하기 위해서 지어낸 말일 수 있다. 또는 시도는 해 보았지만 현실적으로 불가능하다는 결론에 도달하면서, 가난 구제를 아주 포기한 것의 변명일 수도 있다. 내가 14살 때 돌아가신 할머니께서 "나랏님도 세상의 모든 가난한 사람은 구제할 수 없단다."라고 말씀하신 생각이 난다.

002 가는 말이 고와야
오는 말이 곱다.

사람들은 매일 수많은 말을 타인들과 나누면서 살아 간다. 같은 문화권에서도, 대화의 상대가 누구냐에 따라 "가는 말"을 시작하는 사람의 말투가 예의를 갖춘 "고운" 말투일수 있고, 반대로 상대방을 약간 무시하는 "곱지 않은" 말일 수도 있다.

"예의 있는 질문에는 예의 있는 대답을 해야 한다."라 는 서양 속담도 대화 상대에 대한 존중을 강조하고 있다. 물론 "고운 말"이라는 범위에는 사용하는 말 자체에 더해 서, 말하는 사람의 태도나 표정도 포함되어 있다.

전통 한국 사회에서는 상대방의 사회적 신분에 따라 사용하는 말이 다르기 때문에 신분이 다른 두 사람 사이에 오고가는 말이 항상 "고운 말"로만 대화가 진행되지 않을 수 있다. 지금은 모든 사람들이 동등한 권리를 가지고 살 아가는 민주사회이다. 대화를 나누는 상대가 누구이든 항

002 A civil question deserves a civil answer.

상 공손하고, 고운 말로 대화를 하는 습관을 지키는 것이
기본 예의인 동시에, 대화의 목적을 순조롭게 이루는 길이
라는 것을 이 속담이 가르쳐 주고 있다.

003 가랑비에 옷 젖는 줄 모른다.

옛날 한국에서는 비 오는 날에 쓸 수 있는 우산이나 비옷을 가지고 있는 사람들이 많지 않았다. 자연히 비가 세차게 쏟아지는 날에는 바쁜 일이 있어도 집에 있어야 했다. 그렇지만 가랑비가 내리는 날에는 '이까짓 비는 맞아도 된다'고 생각하고 바깥출입을 하게 된다. 가랑비도 계속 맞으면 차츰 옷이 젖게 되고, 결국은 옷 속으로까지 젖게 되면서 까딱하면 감기에 걸리는 화를 당할 수 있다. 별신경을 쓸 필요가 없다고 생각하는 방심이나 실수가 큰 재난으로 이어질 수 있다는 경고를 담은 속담이다.

"눈에 띄지 않는 작은 구멍으로 흘러 들어오는 물 때문에 큰 배가 침몰 될 수 있다." "연약한 암탉이라도 계속 쪼아대면 사람이 죽을 수도 있다." "두더지 한마리가 단단하게 쌓아 올린 성벽을 무너뜨릴 수 있다."는 서양 속담들도 방심과 재난 사이의 인과 관계를 강조하고 있다.

003 A small leak will sink a great ship.
One had as good be pecked to death
by a hen.
A mole can undermine the strongest
rampart.

유감스럽게도, 이 경고대로 사람들이 모두 현명하고 준비성이 있어서 장래에 일어날지, 안 일어날지 모르는 재난에 미리 대비하는 마음의 여유를 가진다는 것은 현실적으로 기대하기 어렵다. 그래서 과거, 현재, 미래에도 수많은 사람들이 판단의 오류를 저지르고, 그에 대한 대가를 치르고 있다.

004 가재는 게 편이다.

 사람이나 동물이나 비슷한 그룹끼리 모여 살고, 그 그룹 안에서 친근감을 느끼게 되는 것은 자연현상이다. 같은 종족들이 모여 살면, 자신은 물론 후손들까지 안전하게 삶을 이어갈 수 있다는 믿음에서 생긴 현상일 것이다. 오랜 세월이 흐르고 문명이 발달하면서 사람들은 지구의 구석구석에 자신들과는 다른 수많은 인종들이 살고 있다는 것을 알게 되었다. 그로인해 차츰 교역과 문화의 교류로 이제는 '지구촌'이라는 말이 생기게 되었다.

 세계 여러 나라 중에서, 특히 미국은 "Melting Pot"이라는 용어가 생길 정도로 다인종, 다민족들이 모여 사는 나라이다. 그럼에도 불구하고 주거지를 중심으로 내부사정을 들여다보면, 끼리끼리 모이는 현상은 엄연하게 살아있다. 대체로 백인은 백인들끼리, 흑인은 흑인들끼리, 아시안들은 아시안들끼리 모여 살고 있는 현상을 볼 수 있다.

004 Likeness causes liking.
Birds of a flock gather together.

단일 민족의 나라라는 한국에서도 교육, 수입, 출신지역, 출신학교에 따라 끼리끼리 모이는 현상이 있다는 것을 부인하기 어렵다. 이렇게 비슷한 조건을 갖춘 사람들이 함께 어울리고, 서로 돕고, 같은 경험을 나누는 것이 사회 전체로 보아 좋은 현상이거나 또는 피해야 할 현상이라는 식으로, 이 속담을 해석할 수는 없다. 단순히 '끼리끼리'가 편하고 자연스러운 현상이라는 것을 지적한 것으로 보아야 할 것이다.

005 가지 많은 나무 바람 잘 날 없다.

　오늘 아침에도 산책길에서 가끔 지나가는 작은 숲을 보다가 무성하던 나뭇가지들이 대폭 잘려나간 것을 보고 깜짝 놀랐다. 나뭇가지가 잘려나간 곳에는 아직 수분이 마르지 않은 채 노란색 "상처"를 보여주고 있었다. 왜 멀쩡한 나뭇가지들을 무정하게 잘라버렸을까? 아마 가지가 너무 많이 퍼지면서 제한된 수분과 영양분을 충분히 공급하기 어려웠기 때문에, 계속 늘어나는 "식구"들의 수를 줄인 것이 아닌가 하는 추측을 해 보았다. 같은 이치로, 집안에 부양할 아이들이 많으면 경제적인 어려움 외에, 이런 저런 골치 아픈 문제가 계속 일어나서 부모 입장에서는 여유롭고 평화로운 삶을 이어가기가 어렵다. "친척들이 많으면 골치 아픈 일도 많다."라는 서양 속담도 결국 도움을 주거나 신경을 써야하는 대상이 많으면 평화로운 삶에 방해가 될 수 있다는 부정적인 면을 지적하고 있다.

005　A lot of relatives, a lot of troubles.

　　한편 항상 바람에 흔들리더라도, 또 제한된 수분과 양분을 나누어야 하더라도, 사면으로 뻗어가는 수많은 가지에 둘러싸인 것을 번영의 표시로 자랑하고 싶은 나무들이 있을지 모른다. 같은 이치로, 집안에 양식도 넉넉지 않고 많은 식구들을 거느려야 하는데, 따르는 골치 아픈 문제 때문에 조용히 쉴 날이 없지만, 그래도 많은 자녀를 둔 것을 다복의 상징으로 여겼던 것이 그리 먼 옛날 얘기는 아니다.

006 갈수록 태산이다.

　세상을 살다보면 모든 일이 잘 풀려서 훤히 뚫린 길을 가는 것처럼 순조로운 삶을 사는 사람들이 있는가 하면, 어떤 사람들은 하는 일마다 일이 꼬이고 갈수록 태산이 가로 막아서 좀처럼 시원한 앞날이 보이지 않는 삶도 있다. "아주 고약했던 일 뒤에는 고약한 일이 뒤따른다."라는 서양 속담도 설명하기 어려운 연속적인 불운 현상을 가리키고 있다. 일이 잘 풀리는 사람들은 심성이 착하고, 좋은 일을 많이 하는 사람들인데 비해, "갈수록 태산"식으로 고생만 하게 되는 사람들은 마음씨가 고약하고, 남에게 못된 짓을 많이 하는 사람들이라는 것이 분명하다면, 이 당연한 인과 관계에 대해서 불만이나 의문을 품는 사람들은 없을 것이다. 그렇지만 대부분 사람들의 경험에 따르면, 세상일이 이처럼 늘 합리적인 원칙에 따라 진행되고 있지 않다.

　이처럼 불확실하고, 불투명한 삶의 현상을 설명하는

006 Ill comes after on the back of worse.

방도의 하나로, 사람들은 "운"이라는 존재를 믿게 되었다. 서양 신화에서는 행운(Fortune)이라는 여신이 있고, 이 여신은 사람의 삶에서 행운을 나누어주는 역할을 한다. 유감스럽게도 이 여신은 "변덕쟁이"이어서, 이 여신의 변덕 때문에 인성이 착하고 자격을 갖춘 사람이 실패하고, 인성도 고약하고, 자격도 갖추지 못한 사람이 성공한다는 이해하기 어려운 일이 자주 일어나는 것이다.

행복하고 성공적인 삶을 보장받는 과정에서 운과 능력 중 어느 것이 더 중요한 역할을 하느냐는 명제는 과거에도, 현재에도 시원한 답을 얻을 수 없는 명제로 남아있다.

007 개 꼬리 삼 년 묻어도 황모 못 된다.

　　황모란 붓을 만드는데 쓰는 족제비 털로서 여러 동물들의 털 중에서 가장 귀하고 비싼 털이다. 개털을 3년 동안 묻어서 잘 보관하고 있어도 값비싼 족제비 털로 변하게 할 수는 없다. 마찬가지로 "나무토막을 10년 동안 물속에 잠겨놓아도 악어로 변하지 않는다.""능금나무를 이곳저곳에 심어보아도 사과를 열리게 할 수 없다."라는 서양 속담도 타고난 천성은 변할 수 없다는 것을 말해주고 있다.

　　이 속담을 사람의 경우에 적용해보면, 착한 성품을 타고난 사람은 어른이 되어도 착한 성품을 그대로 유지하고, 반대로 고약한 성품을 타고난 사람은 역시 고약한 심통꾸러기 어른으로 자라게 되리라는 뜻을 담고 있다. 더 부정적인 예를 들면, 어렸을 때 거짓말, 도벽, 폭력 등의 성향을 보였던 아이들은 어른이 되어서도 그 부정적인 성품이 변치 않는 반면에, 성실하고, 정직하고, 참을성 있는 아이들

> **007** Wood may remain ten years in the water, but it will never become a crocodile.
> Plant the crab tree where you will, it will never bear pippins.

은 어른이 되어서도 이런 좋은 성향을 그대로 유지한다는 "인성불변"의 원칙을 강조하는 속담이다.

　그렇다면 적어도 사람들의 경우에서는 "과거의 잘못을 고치고 착한 사람이 된다(改過遷善)."라는 말은 현실적으로 가능성이 없는 희망사항에 불과할까? 속담은 대중의 경험에서 나온 산물이기 때문에 절대적 진리는 아니다. 예외 없는 원칙은 없다는 격언에 동의한다면 적어도 사람들의 경우에는 능금나무를 품질 좋은 사과나무로 개선시킬 수 있는 길이 없지 않다는 희망을 가져 볼 수 있다.

008 개구리 올챙이 적 생각 못한다.

　　미국이나 한국처럼 산업화된 사회에서는 산속이나 벽촌으로 가기 전에는 개구리, 올챙이를 보기 어렵다. 개구리 알에서 깨어난 올챙이는 개구리와는 아주 다른, 작은 머리와 가느다란 몸통으로 물속에서 자유롭게 헤엄쳐 다니는 파충류다. 이 올챙이가 자라서 개구리가 될 경우에는 옛날에 보잘것없이 작고, 이상하게 생긴 올챙이와는 자신을 연결시키기 싫다. 또 산속에서 뿌리를 박고 하늘 높이 자란, 늠름한 모습의 "참나무들도 그 근원을 캐다 보면, 밤톨보다 작은 도토리에서 시작되었다."라는 서양 속담도 같은 뜻을 담고 있다.

　　이 속담을 사람의 경우에 적용해 보면, 출신이 미천하거나 빈곤한 환경에서 자란 사람이, 세월이 흘러서 출세를 하게 되면 애써서 옛날 어려웠을 때를 잊어버리고 오만한 인간으로 변한다는 것을 비꼬아 말한 것이다.

008 Every Oak has been an acorn.

　나의 외조부께서 생전에 나에게 해주신 얘기를 소개한다. 어느 명망 높은 양반이지만 아주 가난한 댁의 따님이 부유한 집으로 시집을 갔다. 시집가서 호사스러운 생활을 하던 딸이 얼마 후 친정나들이를 하였다. 자기가 낳고 자란 친정이지만 오랜만에 와서 본 친정집이 너무 낡고 누추해서 부모님께 절을 올린 다음, 앉아있어야 할지, 서있어야 할지 망설이고 있었다. 그 꼴을 본 아버지가, "얘야, 너를 보았으니 됐다. 이제 그만 가보아라." 하고 보냈다는 얘기다. 사람의 본성 중 칭찬받기 어려운 한 면을 보여주고 있는 좋은 예이다.

009 검둥개 멱 감긴 격이다.

"검둥개 멱 감긴 격이다."는 한국 속담과 "까마귀는 자주 씻어도 희게 될 수 없다."는 서양 속담이 있다. 이 속담의 공통점은 타고난 피부색은 아무리 애써도 바꿀 수 없다는 것이다. 타고난 피부색을 바꿀 수 없는 것과 마찬가지로, 사람의 성격과 인품 역시 바꾸기가 어렵다는 뜻이 들어있다. 예전부터 검은색은 부정적인 뜻을 상징하는 색깔이었다. "까마귀 노는 곳에 백로야 가지 마라."라는 시조의 구절이나 "그 사람 겉은 멀쩡해도 속은 시커멓다."라든지, 범인들의 복면은 의례 검은색이고 뇌물의 다른 말은 "검은돈"이다.

서양에서는 상복 색갈이 검은색이었던 것처럼 모두 음침하고 불행을 암시하는 색이었다. 유감스럽게도 이런 검은색에 대한 부정적 인식은 인종문제로 확대, 적용되어 검은색 피부를 가진 사람들에 대한 무의식적인 편견과 차

009 A crow is never whiter for washing herself often.

별, 근거의 일부를 제공한다고 보아도 틀리지 않다. 흥미롭게도 시조 중에서 검은 얼굴 색깔을 보고 사람의 인격을 판단하는 것이 경솔하고 위험한 행위라는 선각자적인 의견을 품었던 분의 시조가 있어서 인용해 본다.

"까마귀 검다하고 백로야 웃지 마라. 겉이 검은들 속까지 검을 소냐. 겉 희고 속 검은자는 너뿐인가 하노라."

고려 말 어느 대신이 상대방의 위선에 일침을 가했던 시조다. 물론 이 시조에서도 흰색은 좋고, 검은색은 좋지 않다는 전제에는 변함이 없다.

010 고래 싸움에 새우등 터진다.

널리 사용되는 속담으로서, 힘센 자들의 싸움에 중간에 끼인 약자들이 피해를 입는다는 비유이다. 여기서 고래, 코끼리, 물소들은 동물의 세계에서 강자로 군림하는 존재들로서, 사람 사는 세상에서는 부강한 국가나 대기업 같은 덩치 큰 존재에 비유할 수 있다. 이들에 비해서 새우, 개미 같은 미물은 약소국이나 소기업의 상징일 수 있다. 한국 역사를 보면, 한국의 지리적인 위치 때문에 중국, 일본, 미국, 러시아 같은 고래들 싸움에 말려들어 등이 터지는 피해를 본적이 한두 번이 아니다. 세계적으로 많은 "슈퍼 대기업"들의 막강한 세력다툼 가운데에서 오랜 역사를 가진 중소기업들이 "등이 터져," 문을 닫는 예도 적지 않다.

생존을 위한 다른 종족 간에 치열한 싸움이 지구의 역사만큼 오래 계속 되었겠지만 아직도 새우 같은 미물이나

010

When elephants battle, ants perish.
When elephants fight, the mousedeer
between them is killed.
When buffaloes battle, the grass gets
trampled.

작고 힘없는 나라들이 건재하고 있는 것을 어떻게 설명할까? 나의 개인적 해석을 부쳐본다. 즉 덩치 큰 고래들 싸움에서 한마리가 패배해서 죽으면 고래 인구의 큰 손실이 될 수 있지만, 새우들 입장에서는 크기에는 상대가 안 되어도 엄청난 숫자와 이에 따른 번식력으로 많이 죽더라도, 곧 이전의 숫자로 회복될 수 있기 때문이다. 강대국들 틈에서 힘들게 생존을 이어왔던 세계의 약소국들이 아직도 "perish"하지 않고, 국가를 보존하고 있고, 중소기업들 중에서도 끈질기게 생존의 길을 찾아서 등이 터지지 않고 명맥을 이어오는 경우도 바로 약자들의 끈기와 강인함의 덕이라고 생각해 보았다.

011 고슴도치도 제 새끼는 예쁘다 한다.

온몸이 작은 창끝 같은 가시로 덮여있어서 보기만 해도 끔찍하게 생긴 고슴도치도 제 어미 눈에는 예쁘게 보인다. 까마귀의 까만 새끼도 어미 눈에는 하얗게 보인다는 말은, 새끼들에 대한 모든 생물들의 본능적인 사랑을 가리키고 있다. 이런 맹목적인 새끼 사랑은 사람의 경우에도 예외가 아니다. 남 보기에는 평범한 아이인데도 부모의 눈에는 나무랄 데가 없는 자랑스러운 애로 보일 수 있다. "사랑은 눈을 멀게 한다."는 말은, 사랑에 빠진 이성과의 사이보다 자녀들을 향한 부모의 사랑이 더 잘 적용되는 예로 볼 수 있다. 사람을 비롯해서 지구에서 살고 있는 모든 생명체들이 수천 만 년을 존속해 온 것도, 결국 이런 "눈먼" 새끼 사랑의 힘 때문일 것이다.

나는 학교 다니면서 외가댁에서 많은 시간을 보냈다. 나를 많이 사랑해주신 외조부는 학교에서 배우지 않은 한

011

The owl thinks her own young fairest.
The crow thinks her own bird fairest.
To the raven her own chick is white.
Affection blinds reason.

국 전통사회의 가치와 관련된 야사를 자주 얘기해주셨다. 그중 한 개가 효도에 대한 말씀이었다. "얘야, 우리나라 전통에는 부모에 대한 효도는 거의 절대적 가치로 엄격하게 강조했는데, 왜 자식을 꼭 사랑해야 한다고 강조하는 가르침은 없는지 알겠니?" "자식 사랑은 본능이기 때문이란다. 이는 부모에 대한 사랑처럼 강조하지 않아도, 저절로 아래로 이어지기 때문이다."라고 말씀하신 것이 생각난다.

012 고양이 보고 생선가게 지키라는 격이다.

    고양이에게 생선 가게를, 여우에게 닭장을, 늑대에게 양떼를 지키라고 하면 귀중한 자산인 생선도, 암탉도, 양들도 다 잃어버릴 수 있다는 위험을 경고해주는 속담이다. 이렇게 어리석은 짓을 하는 사람들은 남을 의심할 줄 모르는 착한 사람들일 수 있지만, 반대로 상대방의 사람 됨됨이를 제대로 알아볼 줄 모르는 둔한 사람일 수도 있다. 손해를 보지 않으려면 자신의 재산을 믿고, 맡길 수 있는 사람인가를 어느 정도라도 식별할 줄 알아야 한다는 경고성 속담이다.

    한편 사람에 따라서는 다른 사람들의 고양이, 여우, 늑대는 주인이 맡겨 놓은 생선, 암탉, 양을 먹어버릴지 모르지만, 내가 믿고 사랑하는 고양이, 여우, 늑대는 절대로 그런 짓을 하지 않는다고 의심하지 않는 사람들이 있다. 사랑하는 가족들, 절친한 친구들, 오랜 세월 알고 믿고 지

012 Setting the fox to keep one's hens. To set the wolf to keep the sheep.

냈던 친지들이 나의 신뢰를 악용해서 내 재산을 먹어 버리는 일은 있을 수 없다고 생각한다. 이런 믿음 때문에 결국 큰 손해를 보는 사건들이 심심치 않게 일어나고 있는 것이다.

이 속담은 자기를 믿고 맡겨놓은 먹잇감을 먹어버리는 사람들의 배신보다는, 이들을 믿고 맡긴 사람들의 어리석음에 대한 경고에 더 중점을 두고 있다. 비슷한 뜻을 가진 속담으로 "믿는 도끼에 발등 찍힌다."라는 말이 있다. 사람관계에서 무조건 믿는 것 보다는 조심과 신중함을 지키는 것이 손해를 보지 않는 길이라는 것을 일깨워 주는 속담이다.

013 과부 설음은 과부가 안다.

　　세상을 살아가면서 당할 수 있는 불행한 일이 많다. 그중에서도 배우자를 잃는다는 것은 큰 불행일 것이다. 남녀가 배우자를 잃었다는 공통의 불운을 겪어도 남자인 홀아비는 곧 재혼할 자유를 누릴 수 있었지만, 과부가 된 여자는 오직 한 남편만을 섬겨야 한다는 일부종사(一夫從事)의 규범 때문에 몇 살에 과부가 되었는가에 상관없이 재혼이라는 것은 꿈도 못 꾸면서 여생을 마치는 것이 오랜 세월 한국여성들의 슬픈 운명이었다. 과부가 되면 소수의 경우를 제외하고는, 우선 생계가 막막하고 아이들이 있을 때에는 그 아이들을 부양해야 하는 책임까지 져야 한다. 가족, 친척, 동네에서 '과부댁'이라는 명칭으로 한수 낮게 취급받는 것도 고독한 삶을 더욱 힘들고 서럽게 만드는 원인이었다. 이 모든 조건들이 본의 아니게 과부가 된 여인들에게 가해진 한국 전통사회의 잔인한 제도이며 풍습이었

013 The sorrow of a widow is known to her widowed friend.

다.

하지만 생활고와 자녀양육이라는 무거운 짐 외에 과부들은 홀아비들과 달리 남에게 말 못할 고민이 한 개 더 있을 수 있다. 홀아비들은 곧 재혼을 하거나, 다른 방법으로 인간 본연의 욕구를 해결하지만, 여자의 경우에는 그럴만한 기회도, 방법도 막혀있었다. 이 숨겨진, 그러나 아직 살아있는 욕구라는 말 못할 고민을 이해할 사람은 오직 같은 처지에 있는 과부들뿐이었을 것이다. 세월이 흘러서 과부이건, 이혼녀이건, 여자들에게 재혼할 자유가 주어진 것은 인권 보호이며 "생명, 자유, 행복의 추구"라는 개념에 맞는 변화라고 생각한다.

014 굼벵이도 밟으면 꿈틀한다.

　　지렁이, 굼벵이, 달팽이 등은 모두 땅 밑이나 땅위를 기어 다니면서 사는 미물들이다. 사람들의 눈에는 보잘것 없는 벌레들이기 때문에 무심코 밟을 수도 있고, 때로는 일부러 밟아 버릴 때도 있다. 그렇지만 이런 보잘것없는 미물들도 공격을 받으면 꿈틀하면서 자기 방어를 하려는 본능이 나타난다. "벌레를 밟으면 몸을 뒤집는다."와 "달 팽이를 밟으면 뿔이 솟아나온다."라는 서양 속담도 같은 현상을 말해주고 있다. 만물의 영장이라는 사람의 경우에 는 멸시와 학대, 더 나아가서는 생명의 위협을 받을 때 그 저 "꿈틀"하는 작은 반응에 그치지 않을 수 있다.

　　역사적으로, 오랜 세월을 밟혀서 살아왔던 최하층 서 민들이 오만한 특권 계급의 횡포에 지친 나머지 총칼을 들 고 혁명을 일으킨 예가 적지 않다. 그런 사태가 일어나면 밟혀왔던 약자들은 물론이고, 밟아 왔던 힘센 자들도 희생

> **014**　Tread on a worm and it will turn.
> Tramp on a snail, and she'll shoot out
> her horns.

을 아주 피할 수는 없었다. 이런 충돌과 피해를 피하는 방법으로 최하층 사람들에게 안전하게 살아갈 수 있도록 하는 것은 인도주의적 차원에서만이 아니고, 실리적인 차원에서 양편 모두를 위한 공존의 원칙이 될 수 있다. 굼벵이나 달팽이들에게도 자신들의 생명은 귀한 법이다. 사람을 해치지 않는다면 재미나 악의로 남의 생명을 밟는 행동은 하지 않도록 조심해야 한다는 교훈을 담고 있다.

015 궁지에 든 쥐가 고양이를 문다

이 속담은 앞에서 소개한 "굼벵이도 밟으면 꿈틀한다."라는 속담과 비슷한 내용이다. 자기를 해치려는 적을 이리저리 피해왔지만 더 이상 피할 수 없게 된 지경에 처한 약자들이 목숨을 걸고 적에게 반격을 시도한다는 뜻이다.

반격의 결과로, 약자인 쥐가 고양이를 물리치고 도망가서 목숨을 건졌는지, 또는 도저히 이길 수 없는 싸움에서 결국 고양이 밥이 되었는지는 이 속담에서는 알 수 없다. 사람 사는 세상에서도 이 같은 일이 수없이 일어났고, 또 현재에도 계속 일어나고 있다. 이런 상황에서 쥐의 입장에 있게 된 사람이 택할 수 있는 자기방어 방법이 있을까? 전쟁에서 승리할 가능성이 전혀 없는 상황에서 목숨을 걸고 끝까지 싸우겠다는 결의인 "결사항쟁(決死抗爭)"이 바로 궁지에 든 쥐의 입장에서 고양이를 물겠다는 식의

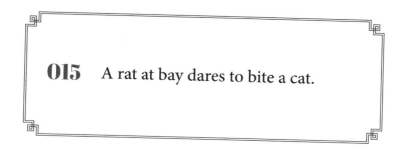

015 A rat at bay dares to bite a cat.

마지막 용기일 수 있다.

앞서 말했듯이, 결사항쟁의 결과로 목숨을 건질 수 있었는지에 대한 답은 알 수 없다. 한편 공격자인 고양이에게도 궁지에 든 쥐를 만만히 보지 말라는 경고가 담겨있다. 비록 죽을 위기에 처한 것을 알고 있지만, 목숨을 걸고 덤벼드는 적의 최후의 공격에는 자신도 상처 없는 승리를 보장받을 수 없기 때문이다.

016 금강산도 식후경이다.

"금강산도 식후경"이라는 한국 속담과 "배고프고 추운 사람에게는 후지산의 아름다움도 보이지 않는다."라는 일본 속담 모두 명산의 아름다움도 배고픔의 고통을 잊게 해 줄 수는 없다는 것을 말하고 있다. "사과나무 꽃이 아름답지만 만두를 먹는 것이 더 좋다."라는 속담도 역시 사람은 일단 배가 불러야 자연의 아름다움을 감상할 수 있다는 사실을 지적하고 있다. 배고픔은 사람들이 겪을 수 있는 가장 큰 고통일 뿐만 아니라 생명을 위협하는 고통이다. 배고픔을 해결하기 위해서는 평소에 지켜지고 있던 도덕, 윤리, 상호협동과 같은 기본적 규범도 제대로 지켜 질것을 기대할 수 없다.

여기에 소개된 속담 외에도 "사흘 굶어 담 넘어가지 않는 놈 없다."[55]든지, "수염이 대 자라도 먹어야 산다."[61] 등 모두 사람들이 살면서 활동하려면 우선 먹어야 한다는

Even Fuji is without beauty to one
hungry and cold.
Apple blossoms are beautiful, but
dumplings are better.

것을 강조하고 있다. 배가 고프면 자연의 아름다움을 제대로 감상할 수 없는 것이 모든 사람들에게 공통적으로 적용되는 이치라면, 하루 세끼를 제대로 못 챙겨 먹었다고 전해오는 천재예술가들의 수많은 예술품의 창조를 어떻게 설명할 수 있을까?

"배부른 시인은 시를 창조할 수 없다."라는 벤자민 프랭클린의 말을 인용해본다. 항상 배부른 상태에 있는 사람들은 두뇌의 활동이 둔해져서 아름다움을 창조하는 예리한 감성을 잃어버린다는 뜻이다. 실생활에서 마주치는 여러 모순을 설명하는 표현으로 "모든 것이 정도문제"라는 표현이 있다. 이 경우에도 편리하게 적용될 수 있는 표현이다.

017 긴병에 효자 없다.

　"긴 병에 효자 없다."라는 한국 속담과 "길게 끄는 것은 혐오감을 가져온다."라는 서양 속담은 서로 직역이 되는 속담은 아니지만 한 예로 들 수는 있다. 한국 사람들은 어느 덕목보다 효(孝)를 중시하는 전통적인 문화 속에서 낳고 자랐다. 때로는 국가에 대한 충성보다 부모에 대한 효를 더 중시했다는 것이 사회적으로 공통된 정서라는 인상을 받은 때가 있었다.

　임진왜란 시, 군사를 거느리고 적과 싸워야 하는 긴급한 상황에서 어느 장군이 진두 지휘해야 하는 병사들을 기다리게 하고, 부모를 먼저 피난시켰다는 얘기를 읽은 적이 있다. 놀라운 일은 전쟁이 끝난 후, 이 장군이 병사들을 저버리고 자신의 가족을 먼저 챙김으로서 공과 사를 구분하지 못했다는 중죄에 대한 벌을 받는 대신에, 부모에 대한 지극한 효성을 보였다는 것으로 왕으로부터 상을 받았다

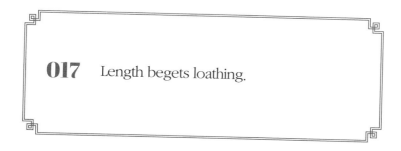

017 Length begets loathing.

는 일화를 읽었다. 국가에 대한 "충"보다 부모에 대한 "효"를 더 중시했다는 한국적 윤리의 서열을 보여주는 좋은 예이다.

이렇게 엄격한 "효" 중심 사회에서도 병석에 오래 누워있는 부모를 모시는 일은 쉬운 일이 아니다. 긴 세월 동안 효를 실천하느라 심신이 피로해 지친 자식의 입장에서, 차츰 병석의 부모에게 "불효"할 수 있다는 냉엄한 현실을 지적한 속담이다.

018 꿩 먹고 알 먹는다.

옛날 한국에서는 꿩고기는 부자들이나 먹을 수 있는 귀한 고기였다. 닭이나 오리, 또는 다른 가축처럼 집에서 기르지 않았기 때문에 꿩고기를 얻을 수 있는 길은 사냥해서 잡은 것이 대부분이었다.

한 예로, 만두소를 만들 때에 소고기, 돼지고기, 닭고기 대신에 꿩고기를 넣는 것은 아주 호사스러운 특별한 경우에만 있는 별식으로 여겼었다. 그렇게 귀한 꿩고기를, 꿩의 알까지 함께 먹는다는 것은 특별한 행운을 암시하는 말이다.

이 같은 이중의 행운이 있다는 단순한 사실을 말해주는 한국 속담에 비해, "꿩의 알만이 아니고 꿩까지 가지려는 사람들이 있다."라는 서양 속담에는 다분히 두 가지 행운을 다 잡으려는 사람들의 욕심을 못마땅하게 여기는 뜻이 담겨 있다. 속담 속에 "…men who would…."라는 표현

018 There are men who would have both the egg and the hen.

이 바로 그런 욕심을 나타내는 표현이다.

　이런 두개의 행운을 잡는 사람들의 얘기는 현실에서 볼 수 있을 뿐만 아니라 소설, 영화의 주제로 취급되는 인생드라마의 한 현상이다. "꿩 먹고 알 먹는" 행운이 우연히 찾아오는 사람들도 있고, 이런 행운을 잡으려고 수단 방법을 가리지 않은 노력의 대가로 "꿩 먹고 알 먹게 된" 사람들도 있고, 또는 모든 노력이 물거품이 되는 경우도 있다. 이러한 속담들을 보면 서양에서 행운의 여신을 "변덕쟁이 (fickle)"로 그려낸 이유를 알듯하다.

019 나는 바담풍해도
너는 바람풍해라.

오래전, 서당에서 스승이 제자들에게 바람 "風"자를 가르칠 때, 이 글자를 "바람풍"이라고 가르치는 대신 "바담풍"이라고 잘못 가르친다는 말이다. 부모, 스승, 상사 등 높은 위치에 있는 사람들이 자신들은 실천하지 않은 덕목을 아래 위치에 있는 사람들에게 실천하라고 훈계한다는 위선을 지적한 속담이다. 살아가면서 이런 위선을 저지르지 않는 사람도 드물고, 이런 위선의 대상이 되지 않은 사람도 드물다.

이런 해석과는 달리, 스승이 선천적인 핸디캡 때문에 "바람"이라는 정확한 발음을 할 수 없어서 "바담"으로밖에 나올 수밖에 없다는 선의의 해석도 가능하다. 한편 서양 속담인 "내 말대로 하되 내 행동대로는 하지 말라."에는 이런 선의의 해석을 부치기 어렵다는 인상을 주고 있다.

위선이 없는 공정, 투명한 사회는 모든 사람들이 원하

019   Do as I say, not as I do.

는 이상적인 세상일지 모르지만, 실제로 그런 세상이 온다면 예기치 못했던 불편한 세상이 될지도 모른다. 결함 없는 완벽한 사람은 없기 때문이고, 자신의 결함을 감춰서 좀더 나은 사람으로 보이고 싶은 욕구는 사람의 본능이기 때문이다. 모든 다른 결함과 마찬가지로 위선 역시 절제가 필요한 인간 본성 중의 하나로 볼 수 있다.

020 남의 떡이 더 커 보인다.

　　지금은 한국에서도 한 가정에 두, 셋 정도의 자녀수를 넘는 경우가 드물다지만, 불과 한 두세대 전만해도 7, 8명의 자녀를 두는 것이 보통이었다. 그때는 지금처럼 먹을 것이 넘쳐나지 않았기 때문에 주식은 물론 간식에서도 형제 중 누가 더 큰 떡을 배당받았는가에 신경을 곤두 세웠다. 다른 형제가 받은 떡이 더 크다고 투정을 했던 경우도 드물지 않았다.

　　서양 속담인 "담 넘어 잔디가 더 파랗게 보인다.""이웃집 땅에서 옥수수가 더 많이 생산된다.""이웃집 소가 우리 집 소보다 우유를 더 많이 생산한다."들도 모두 사실이라기보다는 질투나 경쟁의식에서 나온 불만이라는 뜻이 들어있다. 하지만 사실이던 상상이던, 자신이 처한 상태와 남의 상태를 비교하는데서 오는 경쟁심을 부정적으로만 볼 필요는 없다. 남들과 비교하는 습관이 더 나은 삶을 위

020

The grass is greener on the other side of the fence.
Our neighbor's ground yields better corn than ours.
Our neighbor's cow yields more milk than ours.

한 노력을 이끌어내는 동기가 될 수 있기 때문이다.

한 가지 주목할 현상은 이 속담의 내용과 반대되는 현상이 인간성에 공존하고 있다는 것이다. SAT시험에서 10점 차이로 만점을 못 받은 아이에게 "옆집 아이는 SAT에서 만점을 받았다는데 너는 왜 그렇게 못했느냐?"라고 아이에게 화를 내는 부모는 남의 집 잔디가 자기 집 잔디보다 더 푸르다고 불만을 품는 경우와 비슷하다. 반대로 "우리 아이는 반에서 공부도 일등이고, 축구팀 주장이고, 스피치대회에서 일등을 했고, 봉사활동도 열심히 해서 제일 인기 있는 아이로 뽑혔어요."라고 자랑하는 부모들도 적지 않다. 이래저래 사람은 모순으로 뭉친 존재라고 해도 크게 틀린 생각은 아닐 것이다.

021 낫 놓고 기역자도 모른다.

　　농촌에서 볼 수 있는 농기구중 하나인 낫은 땅위에 놓으면 큼직한 기역자 모양인데, 그런 모양을 보고도 기역자 같다는 것을 모르는 '무식'을 지적하는 속담이다. "B자와 비슷한 형상의 옛날 배드민턴 라켓(battledoer)이나 황소의 발을 보고도 그것이 "B"자같이 보인다는 것을 모른다."라는 서양 속담 역시 무식을 조롱하는 속담이다.

　　아직도 한국에서 기역, 니은을 모르는 사람이 있는지, 마찬가지로 영어권 국가에서 B자의 모양을 보고도 B자인 줄 모르는 사람들이 얼마나 있는지, 알아보려 세계 여러 나라 국민들의 문자 해독률을 찾아보았다. 우선 한국, 미국, 일본, 중국의 문자 해독력을 찾아보았다. 처음 세 나라의 문자 해독률은 99퍼센트로 나와 있고, 중국은 96.8퍼센트로 나와 있었다. 해독력의 수준을 어떻게 정하느냐에 따라 물론 이 퍼센트 수치는 달라질 것이다.

021 He knows not a "B" from a battledore or a bull's foot.

언젠가 한국의 시골 어느 동네에서 70~80대 할머니들이 생전 처음으로 한글을 깨우치고 글을 읽게 되어 새 세상을 만난듯한 감격에 잠겼다는 기사를 읽은 적이 있다. 한국 인구 5천만의 1퍼센트인 약 50만 명 중 어린아이들을 빼고도 수십만 명이 문맹이었고, 이들 대부분이 노인이라는 계산이 나온다. 세계 수많은 언어 중에서도 읽기 쉽고, 배우기 쉬운 한글을 평생 동안 배울 기회가 없었다는 사실은 한국인들의 삶이 얼마나 혹독하게 어려웠는가를 증명하고 있는 역사적 자료가 될 것이다.

022 낮말은 새가 듣고, 밤말은 쥐가 듣는다.

　　옛날 초등학교에서 배웠던 낯익은 속담 중의 하나이다. 주위에 아무도 없다고 속에든 이야기를 함부로 말하면 안 된다는 경고이다. 서양에도 "대낮은 눈이 있고, 밤중은 귀가 있다." "들판은 눈이 있고, 담벽은 귀가 있다."라는 속담이 있는데, 이들 역시 모두 안심하고 함부로 말하면 반드시 새어나간다는 말이다.

　　일단 입 밖으로 나온 말은 다시 주어 담을 수도 없고, 이미 그 말을 들은 사람이 있어서 빠르게 전파된다. 말을 전한 사람이 평소에 의심받을 짓을 한 사람일 수도, 또는 전혀 그럴 사람이 아니라고 믿었던 사람일 수도 있다. '세상에 비밀은 없다'라는 뜻을 간접적으로 담고 있는 속담이다.

　　비밀을 지키는 것이 사람들에게 얼마나 어렵다는 것은 "임금님과 당나귀 귀"라는 이솝우화에서 잘 그려져 있

022 The day has eyes, the night has ears. Fields have eyes, and walls have ears.

다. 어느 임금님의 귀가 영락없이 당나귀 같이 생겨서 이발사 외에는 주위에서 기형으로 생긴 임금님 귀를 본 사람들이 없었다. 이발사는 오랫동안 비밀을 지켜왔지만 더 이상 참을 수 없었다. 어느 날 갈대밭에 가서 "임금님 귀는 당나귀 귀"라고 갈대에게 속삭였다. 그렇게 이발사는 비밀을 털어낸 다음에 비로소 속이 후련해졌다는 이야기이다. 이발사가 해준 "낮말"을 갈대가 듣고, 그 후부터 바람이 불면 갈대들이 모두 "임금님 귀는 당나귀 귀…"라고 속삭이게 되었다. 한번 입에서 나온 말은 어떤 경로를 통해서라도 재빨리 전달되는 것을 말해주는 좋은 예이다.

023 누울 자리 보고 다리 뻗는다.

"누울 자리 보고 다리 뻗는다."는 한국 속담이나 "이 불길이에 맞춰서 다리를 뻗어라."는 서양 속담 모두 실현 가능성 없는 목표를 세우거나 지나친 욕심을 부리는 것을 말리려는 경고성 속담이다. 이와 비슷한 경우의 속담으로 "오르지 못하는 나무는 쳐다보지도 마라."[81]라는 속담이 있다. 이들 모두 좋은 뜻으로 받아드리면, 세상 살아가면서 분에 넘치거나 실현가능성 없는 욕심을 부리지 말라는 권고이지만, 부정적으로 보면 역경을 개척하려는 의욕에 찬물을 끼얹는 속담으로 볼 수 있다.

이처럼 신중함을 권고하는 속담과는 상반되는 내용의 권고가 있다. 바로 한국 영어 참고서에도 자주 소개되었던 "소년들이여, 큰 뜻을 품어라."(Boys, Be Ambitious!) 는 권고이다. 이 권고는 150년 전 일본 대학에서 교수로, 선교사로 근무했던 미국인 윌 리암 클라크(William S. Clark)

023 Stretch your legs according to your coverlet.
Stretch your legs only as your blanket allows.

가 일본 청소년들을 격려하기 위해 해주었던 권고로 알려져 있다. 한국에서도 "개천에서 용이 난다."라는 말이 있는데, 불가능하게 보이는 일이 실제로 가능하다는 뜻도 있고, 동시에 노력하면 불가능하게 보이는 일도 성사될 수 있다는 격려를 담은 말로도 볼 수 있다.

지금은 세상이 많이 달라져서 시골출신, 도시출신 청년들의 기회 격차가 예전처럼 극복할 수 없는 정도는 아니다. 그렇지만 지금부터 수백 년 전, 벽촌 가난한 집안에 태어난 아이들에게는 이 두 가지 상반되는 내용의 권고 중어떤 쪽에 무게를 두고 권고해야 할 것인가는 쉽게 결정할수 없는 어려운 일이었을 것이다.

024 누워서 침 뱉기

　한국에서는 예전부터 침을 뱉는 행위를 불결할 뿐 아니라 천박한 행위로 여겼다. 무엇인가에 화가 잔뜩 난 사람들이 화풀이 식으로 땅에다 침을 뱉으면서 욕설까지 동반하는 예가 흔히 있었기 때문이다. 이와는 다른 경우로, 높은 지위에 있는 사람이 권위의식을 표현하는 습관의 하나로, 큰 소리로 "에헴" 하면서 땅에 가래를 뱉어버리는 예도 많았다.

　미국에 와서 살고 보니, 걸어가면서 거리에 침을 뱉는 사람들을 본적이 없는 것 같다. 아마 차를 타고 다니는 시간이 길고, 거리에서 걷는 시간이 줄어들면서 거리에 침 뱉을 경우가 없어졌을지도 모른다. 한국에서도 아마 같은 이유로 지금은 거리에서 침 뱉는 사람들을 보기 힘들어졌을 것이다.

　홧김에 누워서 침을 뱉는다면, 결국 자기 얼굴에 불결

> ## 024 Who spits against heaven, it falls in his face.

한 침이 떨어지게 된다. "하늘을 향해서 침을 뱉으면 그 침이 바로 자기 얼굴에 떨어진다."라는 서양 속담도 화가 난다고 충동적으로 어리석은 짓을 하면, 결국 손해는 자신에게 돌아온다는 경고를 담고 있다.

025 대장장이 식칼이 논다.

대장간은 쇠를 불에 시뻘겋게 달군 후, 망치로 두드려서 식칼 같은 연장을 만드는 작업장이다. 그 작업장에서 대장장이의 식칼이 노는 이유는 무엇일까? 아마도 더 급한 중요한 일이 있을 수도 있고, 잠시 작업을 미루어놓을 수도 있다.

서양 속담인 "구두제작자의 아들은 항상 구두가 없다."에서도 구두 제작공이나 수선공들은 주문 들어온 손님들의 구두를 먼저 제작, 수선하는 것이 생계유지에 직접 연관이 있기 때문에 가족이나 자신의 구두 수선은 뒤로 밀어놓을 수밖에 없었던 상황을 간접적으로 설명한 것이다.

어떤 사태에 대해서 바깥에서 보는 선입견과 속 내용의 실상은 많이 다를 수 있다는 현실을 지적하고 있다. "시의 여신들은 음식점에서 굶는다."라는 말은 대부분의 속담들처럼 저자불명인 경우와 달리, 미국의 건국 지도자중의

025

Shoemakers are always worst shod.
The shoemaker's son always goes barefoot.
The muses starve in a cook's shop.

하나인 벤자민 프랭클린의 수많은 명언중의 하나이다. 이 명언의 뜻을 좀더 확실히 이해하기 위해서 바로 앞에 있는 문장을 소개한다. "A full Belly makes a dull Brain: The Muses starve in a Cook's Shop." "배가 부르면 머리가 잘 안 돌아간다." "시의 여신들은 음식점에서도 굶는다." 즉 배부른 상태에서는 좋은 시가 안 나온다는 뜻이다. "A full Belly와 A dull Brain"을 대치시킨 데서 프랭클린의 재치 있는 말솜씨를 볼 수 있다.

026 도둑을 맞으려면 개도 안 짖는다.

사람들에게 충직한 친구(best friend)인 개의 임무는 도둑을 지키는 일이다. 그런데 이 충직한 개가 집에 도둑이 들었는데도 짖지 않은 이변이 생길 때가 있다.

살아가면서, 일이 상식이나 순리대로 풀리지 않을 때가 있다는 것을 지적한 속담이다. "일이 잘못될 가능성이 있으면 잘못될 것."이라는 서양 속담도 사람의 힘으로 컨트롤 할 수 없는, 눈에 보이지 않는 어떤 세력이 있다는 뜻이다. 아무리 노력해도 이 세력의 영향에서 벗어날 수 없다는 체념적 태도를 보여주고 있다. 비슷한 뜻을 담고 있는 속담들 중에 "열 놈이 지켜도 도둑 한 놈 못 당한다."[76] "자빠져도 코가 깨진다."[90] 라는 속담들이 상식적으로 납득할 수 없는 현상이지만, 살아가면서 실제로 당할 수 있는 불운의 경험이라는 것을 말해주고 있다.

한편, 이 속담들의 뜻과 반대의 입장에서 삶을 바라보

026   If anything can go wrong, it will.

고 해석하는 속담들도 있다. "열 번 찍어 안 넘어가는 나무 없다."[78] "하늘이 무너져도 솟아날 구멍이 있다."[109] 등은 모두 끈질긴 집념, 인내, 긍정적 태도의 저력을 강조하고 있다. 한치 앞을 내다볼 수 없는 삶에서, 이 같은 속담들에 담긴 긍정적인 마음가짐은 살아가는데 큰 도움이 될 뿐 아니라 목표 달성에 이르는 길이 될 수 있다는 것을 가르치고 있다.

027 도둑이 제 발 저리다.

    도둑질을 한 사람은 남들에게 들킬까봐 걱정한 나머지, 눈치를 보느라 신경이 예민해져서 자연히 손발이 저리게 된다는 속담이다. "죄지은 사람이 스스로 죄인임을 나타낸다."라는 영어 속담도 자연스럽지 못한 표정이나 행동을 함으로써 스스로 죄인이라는 것을 나타내게 된다는 것이다.

    그런데…. 지금까지 소개된 여러 속담의 뜻에는 대부분 동감을 했지만, 이 속담에 대해서는 얼른 동의할 수가 없다. 죄지은 사람들이 제 발이 저린 것은, 그래도 순박했던 옛날에 있었던 일이고, 오히려 요즈음 세상에서는 실제로 죄를 지은 사람들이 더 큰소리를 치는 세상이 된 느낌이다.

    이들 도둑을 분류하자면, 첫 번째 그룹은 도둑질이 죄가 되지 않는다는 '도덕불감증'의 사람들이고, 두 번째 그

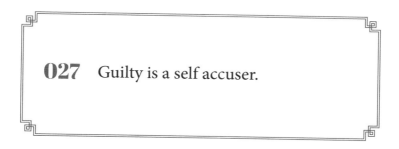

027 Guilty is a self accuser.

룹은 설령 죄라는 생각이 들었어도 남들이 다 그러니까 나만이 죄를 짓는다는 생각은 들지 않기 때문일 수 있다.

지도자 위치에 있는 사람들 중에서 직 · 간접으로 공금을 도둑질하는 일이 아주 많다. 유감스럽게도 요즈음 세상에는 죄지은 자들이 제 발 저리기는커녕, 오히려 당당하게 살고 있는 것을 쉽게 볼 수 있다. 이런 의문을 품은 사람이 나뿐만이 아니라는 생각을 했다.

028 돌다리도 두드려 보고 건너라.

　　누구나 살아가면서 뜻밖의 위험에 처할 수 있기 때문에 주위환경을 잘 살피고, 안전을 확인한 다음에 행동하라는 말이다. 서양 속담에서도 "강바닥에 발이 닿는 것을 확인하기 전에는 강물 속으로 성급하게 들어가지 말라."는 속담을 통해서, 준비 안 된 경솔한 행동은 위험을 만날 수 있다는 경고를 하고 있다. 앞에 소개한 "누울 자리 보고 다리 뻗는다."보다 인생살이에서 처할 수 있는 큰 위험에 대한 경고이다.

　　세상을 살아가면서 많은 경우 도움이 되는 경고이지만 백 퍼센트 다 옳다고 단언하기는 어렵다. 빈틈없는 준비는 안전한 실천을 보장해 주는데 꼭 필요하지만, 시간적인 한계가 있는 목표 달성에는 장애가 될 수 있다. 수백 명 적군들이 바짝 뒤를 쫓고 있는데, 이곳저곳에서 마주치는 "돌다리"마다 안전한가를 점검하느라 시간 보내면 병사들

028 Don't wade if your feet can't feel the river's bottom.

의 목숨이 위험에 빠트릴 수 있다.

이 속담과 비슷한 의도에서 나온 권고의 예를 셰익스 피어의 희곡《햄릿》의 한 장면에서 인용해 본다. 너무나도 유명한 "To be or not to be…"라는 긴 독백의 한 줄이다. "초기의 굳은 결심도 사색이라는 창백한 그늘에 덮히면 행 동이라는 목표를 잃어버린다."가 지나친 신중함의 함정을 지적해주고 있다.

029 돌부리를 치면 제 발부리만 아프다.

　　기쁨과 분노는 우리들의 삶에서 피할 수 없는 경험이다. 사람들에게 분노를 일으키는 원인은 너무나 많다. 남들은 말할 것도 없고, 내편이어야 할 가족, 친구, 동료들이 자기 의사를 무시, 모욕했을 때 분노를 느끼게 되는 일이 드물지 않다. 또는 막연히 자기 뜻대로 돌아가지 않는 세상에 대해서 분노를 느끼는 경우를 생각할 수 있다.

　　하지만 대부분의 경우, 이들에게 직접 분풀이를 한다는 것이 가능하지도, 용납되지도 않을 때가 많다. 분노를 일으키게 한 상대에게 분풀이를 하려다가, 오히려 자기가 손해보게 되는 역효과를 가져올 수 있다는 것을 경고하는 속담이다.

　　살아가면서, 화를 아주 안내고 살수는 없다. 그렇지만 인내심을 가지고 화를 덜 내고 살도록 노력하면, 발부리가 아픈 피해도 줄어들 것이다. 화를 내고, 덜 내는 것이 타고

029 If you kick a stone because you are angry at it, you will only hurt your foot.

난 성격 때문이니까, 고칠수 없는 천성이라고 주장하는 의견도 있다.

하지만, 모든 사람들이 타고난 성격이나 본능에 따라서 살아간다면 세상은 싸움과 분쟁이 그치지 않는 전쟁터처럼 될 것이다. 벌컥 화가 나서 자기를 화내게 한 사람마다 찾아서 화풀이를 하고 싶을 때마다 크게 숨을 세 번 쉬라는 분노조절법이 있다. "참을 인자가 셋이면 살인도 면한다."(97)라는 속담도 분풀이를 억제하면 죽을 사람도 살릴 수 있다는 권고를 담고 있다.

030 될성부른 나무는 떡잎부터 안다.

이른 봄, 묘목가게에 가서 작은 플라스틱 박스 안에 있는 호박, 고추, 토마토 묘목을 사가지고 와서 집 뒤뜰에 심으면, 며칠 후에 조금씩 자라는 모습을 보게 된다. 같은 박스에서 나온 어린 묘목이지만 어떤 것은 이파리가 새파랗게 잘 자라고, 어떤 것은 생기를 잃고 제자리걸음을 하는 것을 보게 된다. "어떤 나무가 열매를 맺을지 곧 알게 된다."는 서양 속담도 같은 뜻이다. 이 속담들의 뜻을 사람의 경우에 적용해 보면, '떡잎'에 해당되는 나이는 몇 살쯤으로 볼 수 있을까?

미국 초등학교 교사로서 수년간 근무했을 때의 일이다. 어느 날 하교시간에, 운동장에서 학생들을 해산시키고 교실로 들어와서 퇴근 준비를 하는 중이었다. 그때 학생한 명이 뛰어 오더니, 지금 내 반 학생 한 명과 다른 아이가 운동장 구석에서 치고받고 싸우는 중이란다. 급히 달려

030 It's soon known which trees will bear fruit.

가 보니, 학생들 몇 명이 모여 있는데 싸우는 아이들은 없었다. 그때까지도 별 의심 없이 천천히 교실로 돌아오니, 캐비닛 문이 열려있고 그 안에 넣어두었던 내 가방에서 지갑이 없어졌다는 것을 알아 차렸다. 그 당시 너무 놀란 나머지, 이 아이가 우리학교 학생인지, 하교시간에 열어놓은 교문을 통해서 바깥에서 들어온 아이인지도 미쳐 알아보지 못했다.

8, 9세를 넘지 않게 보였던 아이가, 이렇게 꾀를 써서 남의 물건을 훔치는 경우는 "될성부르지 않은 떡잎"의 좋은 예로 들 수 있을 것이다. 한편 이런 아이를 "될성부르지 못한 아이"라고 일찍이 포기해버리는 것이 과연 옳은 일일까? 나를 속였던 학생에 대해서 분노와 함께, 연민의 감정이 뒤섞인 착잡한 심정으로 퇴근했던 기억이 생생하다.

031　두 손뼉이 맞아야 소리가 난다.

　　두 손뼉이 맞아야 소리가 나고, 두 날개가 있어야 새가 날수 있다는 것은 오랜 세월 살아오면서 삶을 관찰하고, 경험한데서 터득하게 된 진리이다. 큰 눈으로 보자면 양과 음이 조화를 이루어야 우주가 돌아가고, 집안에는 아버지와 어머니가 있어야 자녀가 생기고 가족이 형성된다는 식의 논리로 인용될 수 있다.

　　교육계에서 수십 년을 지내면서, 대체로 속담 속에 담긴 교훈에 공감했던 것이 사실이다. 수천 명 학생이 재학하고 있는 학교에서는 학생들의 가정생활에 대해서 알 수가 없지만 상담을 통해서 가정불화 내지 이혼가정이라는 것을 알게 되는 경우가 있다. 손뼉도 한 손으로만 소리 낼 수 없듯이, 가정의 행복도 한 부모의 노력만으로는 이루기 쉽지 않다는 것을 깨닫게 된 적이 있었다.

　　한편 이런 일반적인 견해가 100퍼센트 옳은 것이 아

031　A bird never flew on one wing.

니라는 것을 알게 된 적도 적지 않다. 나의 경험담 하나를
소개한다. 같은 학교에서 근무했던 교사 한분이, 자기는
11세 때 부모가 이혼하는 바람에 홀어머니 밑에서 자랐다
면서, 남들이 뭐라고 하던 부모의 이혼이 자기가 제대로
성장하는데 큰 도움이 되었다는 얘기를 나에게 해 주었다.
이 얘기를 나누었던 당시 30대 후반이었던 이 남자 교사
는 항상 명랑한 모습으로 학생들을 열심히 가르치고, 동료
들과도 친하게 지냈던 인기 있는 교사였다. 이혼이 불가피
하다면, 이런 예가 많았으면 하는 바람이다.

032   등잔 밑이 어둡다.

　　일상생활에서 가장 흔히 쓰이는 속담중의 하나이다. 전기가 보급되기 전까지, 등잔은 밤이 되면 집안을 밝히는 데 꼭 필요한 물건이었다. 그런데 등잔의 구조상 등잔 불빛이 주위를 밝히기는 하지만, 등잔 바로 밑은 밝힐 수가 없다. 가장 가까이에 있는 것을 보지 못한다는 사람들의 약점을 등잔의 예를 들어 비유하는 속담이다. 첫 번째 서양 속담은 한국 속담의 직역이라고 볼 수 있고, 두 번째 속담인 "눈은 모든 것을 보지만 자기 자신은 못 본다."도 같은 뜻이다. 가장 가까이에 있지만 미처 알아보지 못하는 것에는 자랑스러운 예도 있고, 반대로 숨기고 싶은 예도 있다.

　　생계유지에 바쁜 가난한 부모가 자녀가 학교에서 공부도 잘하고 뛰어난 수학 실력으로 유명한 학생이라는 것을 모르고 지날 수 있다. 이와는 반대의 경우가 뉴스에 보

032 The foot of the lamp is the worst lighted.
The eye that sees all things else sees not itself.

도되었다. 어느 90대 부자 할머니가 누군가가 자신의 재산을 이리저리 빼돌려 모르는 사람 이름으로 바꿔 놓은 사실을 알게 되었다. 알고 보니, 그 "모르는 사람들"이 바로 자기 손자들이었다. 등잔 밑을 살피지 못해서 당한 손실이었던 것이다.

이 속담에 담긴 교훈은, 어떤 일이든 편견을 가지고 미리 속단하는 실수를 저지르면 안 된다는 것이다. 옳고 그른 것, 사실인 것, 허위인 것을 알아내려면 사태의 전후와 좌우를 세심하게 살피는 신중함과 철저함이 필요하다는 뜻을 담고 있다.

033 똥 묻은 개가 겨 묻은 개를 나무란다.

똥처럼 가장 더러운 오물을 묻히고 있는 개가 별로 더러운 것이 아닌 겨(곡식 낱알 껍데기)를 묻힌 개를 나무래는 것처럼, 자기의 큰 결점은 잊어버린 채 남의 사소한 결점을 나무래는 것은 무지 또는 위선이라는 것을 지적하는 속담이다.

한편 서양에서는 주전자, 냄비, 오븐 같은 부엌기구가 검은 무쇠로 만들어졌고, 연료는 석탄을 사용했기 때문에 집안에서 흔히 보고, 쓰이는 것들 중 검은색 물건이 많았다. 검은 주전자가, 자신의 검은색은 잊은 채 주위에 있는 다른 검은색 물건들을 검다고 손가락질하면서 흉본다는 어리석음을 지적하고 있다.

실제 생활에서 이 속담에 담긴 비판에서 자유로운 사람들은 적지 않을 것이다. 수십 년 전 한국에서 한참 부동산 붐이 일어났을 때, 한 부동산 거부는 친척집 젊은 부부

The Kettle calls the pot black-brows.
The sooty oven mocks the black chimney.
The pot reproaches the kettle because it is black.

가 융자도 하고 개인 빚도 내서 아파트 한 채를 구입했다는 소문을 들었다. "아니, 돈 한 푼 없는 형편에 빚을 내서 집을 사다니, 정신 나간 사람들이구먼" 하면서 아주 못마땅하다는 반응이 나왔다. 그렇게 말하는 분은 금융기관에 어마어마한 금액의 부채를 지고 있는 사람이었다. 똥 묻은 개가 겨 묻은 개를 나무라는 좋은 예이다. 또 인종문제에서, 검은색 피부를 가진 사람들은 흑인(Negroid) 만이 아니다. 아시아대륙에 사는 사람들이지만 검은색 피부를 가진 사람이 적지 않다. 자기 피부색과 큰 차이가 없는 피부색을 가진 다른 인종의 사람들을 낮춰 보고 "나무래는 것"도 이 속담의 좋은 예이다.

034 매도 먼저 맞는 놈이 낫다.

여러 명이 죄를 지어 관가에 가서 곤장을 맞는 벌을 받게 되었다. 아무리 궁리해도 매를 피할 길이 없다는 것을 알지만, 당장 매 맞는 것이 두려워서 미룰 수 있는 한도까지 미루고 싶은 것이 보통 사람들의 심정이다. 그렇지만 매 맞는 것을 피할 길이 없을 때에는 얼른 맞아버리면, 다음 날부터 다리 뻗고 마음 편하게 밥 먹고, 잠잘 수 있는 일상으로 돌아갈 수 있다.

여기에 비해, 당장 매 맞는 것이 두려워서 이리 저리 미룬다 해도, 결국에는 매를 맞게 되니까 그동안 밥도 잘 못 먹고, 잠도 잘 못자는 고생만 하게 된다. 이렇게 미루고 미루는 어리석은 행동을 하지 말라는 뜻이다. 서양 속담에도 "고통을 미루는 것은 나중에 더 큰 고통을 당하게 된다." "위험을 얼른 극복하는 용기를 내는 것이 항상 공포에 잠겨 사는 것 보다 낫다." 등도 같은 의미의 충고들이다.

034 Cruelty is more cruel, if we defer the pain.
Better pass a danger once, than be always in fear.

이 속담에 담긴 상식적인 충고에 모든 사람이 다 동의하는 것은 아니다. 사람에 따라 고통이나 위험한 사태에 있어도 겁먹지 않고 느긋하게 기다리면, 어떤 외부적인 변화로 이런 죄의 대가를 치르지 않는다는 것을 믿는 사람들이 있다. 실제 생활에서도 재빠른 행동보다 우물우물 미루는 습관이 있는 사람들이 최종적으로 손해를 덜 보는 예가 적지 않다.

035 먼 사촌보다 이웃이 낫다.

옛날 한국의 전통 가정에서는 같은 집에서 대대로 사는 경우가 많았다. 10대 후반에 결혼해서 자손을 보기 시작해 7순 8순까지 장수하게 되면, 한마당에서 8촌이 함께 살게 되는 경우가 있다. 서양에서도 사촌(cousin), 육촌(second cousin), 팔촌(third cousin)들이 한 마을에 모여 사는 경우가 있다.

그러나 현대 사회로 들어서면서 미국에서도, 한국에서도, 이 같은 밀착된 '대가족 제도'가 무너지고 급속히 '핵가족 제도'로 변하면서 가까운 친척들이 한 동네에 모여 사는 예는 드물어졌다. 한집에서 자란 형제들도 성인이 되거나 결혼하면서, 전국적으로 때로는 전 세계로 흩어져 사는 예가 많다. 그러다보니 자연히 경조사의 경우, 혹은 위급한 일을 당해서 급히 도움이 필요할 때에는 수백, 수천 마일 떨어져 사는 자녀나 친척이 도와주기는 불가능하

A near neighbor is better than a
far dwelling kinsmen.
Better is a neighbor than a distant
cousin.

다. 그 대신 옆집에 사는 이웃이, 즉시 도움의 손을 내밀어서 어려움에 처한 이웃을 도와준다는 말이다.

이 속담은 특히 미국에서 사는 한국인들이 체험하고 있는 현실이다. 로스앤젤레스에 사는 부모가 갑자기 아프거나 불의의 사고를 당했을 경우, 제일 먼저 이들을 도울 수 있는 사람들은 수천마일 떨어진 뉴욕이나 보스턴에 살고 있는 효자·효녀가 아니라 바로 옆집에 사는 인종도, 언어도 다른 이웃일 수 있다. 이웃끼리 사이좋게 지내야 하는 중요한 이유이다.

036 모로 가도 서울만 가면 된다.

서울 가는 것이 목적일 때에 많은 사람들이 사용하는 탄탄대로로 가지 않고, 험하기는 하지만 샛길 또는 지름길을 찾아서 가도, 서울에 도착하면 목적 달성은 한 셈이라는 뜻이다. 영어 속담인 "결과는 수단을 정당화 한다."에서도 일단 목적을 달성하면 어떤 수단을 썼는가는 문제가 안 된다는 뜻이다.

"모로 가는 길"이라는 표현에는 긍정적인 뜻과 부정적인 뜻 모두 포함한다. 상식이나 규정에 맞지 않는 위반적인 요소가 있는 길이라는 부정적인 뜻을 담고 있는 반면, 반대로 규격에 얽매이는 대신 융통성 있게 파격적 길을 찾는 용기를 칭찬하는 것으로 해석할 수도 있다. 이는 속담을 읽는 사람들에 따라 반대의 해석이 나올 수 있다는 얘기다.

성적이 우수한 두 명의 학생 중, A학생은 4년제 명문

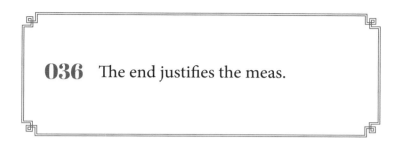

036 The end justifies the meas.

대학에 입학하였고, 친구인 B학생은 집에서 가까운 2년제 초급대학으로 진학하였다. 초급대학을 우수한 성적으로 마친 B학생은 친구가 다니는 대학에 3학년으로 편입해서, 두 친구는 명문대학을 동시에 졸업하는 영예를 누릴 수 있었다. B학생의 선택이, "모로 가도 서울에 간" 지혜로운 선택의 좋은 예로 들 수 있을 것이다.

037 무소식이 희소식이다.

　수많은 속담을 접하다 보면, 시대의 변천을 깨닫게 되는 예들이 많다. 이 속담도 바로 그런 예들 중 하나이다. 옛날 옛적에는 지금처럼 전화, 핸드폰, 이메일, 카톡 등이 없었기 때문에 가까운 친척이나 친구 사이에서도 한 동네에 살기 전에는, 기쁜 소식도 슬픈 소식도 즉시 전달하는 방법이 없었다. 또한 국가적으로도, 적의 침입 같은 긴박한 시기에는 말을 릴레이식으로 연결해서 긴급한 소식을 전했다. 그렇지만 태평한 시대에는 소식을 전할 필요가 없기 때문에 소식이 없으면 모든 것이 태평한 것으로 여길 수 있었다.

　그러나 21세기 초에 들어선 요즈음은, 원하면 공적·사적 소식을 동시에 들을 수 있는 편리한 세상에 살고 있다. 공적인 소식은 스위치만 누르면 모든 소식을 들을 수 있지만, 사적인 소식은 전달하는 사람이 없으면 무소식 상

037 No news is good news.

태로 남는다. 그러므로 "무소식이 희소식"이 아닐 때가 많아진 것이다. 예를 들어 3천 마일 떨어진 먼 곳에 사는 친척, 친구, 지인이 병에 걸렸거나 사고를 당했다는 슬픈 소식은, 아주 위급한 경우가 아니고는 3천 마일 반대쪽에 살고 있는 사람들에게 즉시 전달되지 않는다. 이로 인해 한동안 무소식으로 남을 수 있다. 결과적으로, 무소식이 희소식이 아니고 "아직 듣지 못한 슬픈 소식"일 경우가 많은 세상이다.

038 물에 빠진 놈 건져 놓으니까 보따리 내 놓으라고 한다.

　　옛날이나 지금이나 사람 사는 곳에 흔히 볼 수 있는 배은망덕의 예들이다. 물에 빠져 익사하게 될 사람이나, 교수대에서 사형집행을 당할 사람들을 구해 주었더니, 고맙다고 백번 절을 해야 마땅할 텐데, 오히려 구해준 사람의 보따리까지 뺏으려고 하거나 은인을 원수로 삼는 고약한 인간 본성의 내면을 지적한 속담이다.

　　실생활에서, 은혜를 입은 사람이 은혜를 베푼 사람에게 깊이 감사하고, 은혜를 갚으려고 노력하는 예가 얼마나 될까? 라는 의문을 품어 보면, 이런 배은망덕이 그렇게 드문 것이 아니라는 것을 깨닫게 된다. 우선 은혜 중의 가장 기본적이고 원천적인 은혜의 예를 들면, 우리 모두를 낳아 주시고 길러주신 부모님의 은혜를 꼽을 수 있다. 그렇지만 길거리에서 오고 가는 사람들을 붙잡고 부모님의 은혜를 얼마나 갚았느냐고 물어보았을 때에 "네, 다 갚았습니다."

> **038** Save a stranger from the sea, and he will turn your enemy.
> Save a thief from the gallows and he will hate you.
> I taught you to swim and now you'd drown me.

라고 대답하는 사람들이 얼마나 될까?

　한편 이런 배은망덕의 고약한 인간성의 반대쪽에는 자신이 처하게 될 위험을 무릅쓰고 물에 빠진 사람들이나, 교수대에 선 사람들을 구해주겠다는 착한 본성을 가진 사람들도 많다. 물에 빠진 놈을 구해준 것이 어떤 보상을 기대하고 한 것이 아니라, 죽어가는 사람을 살려야겠다는 순수한 의리감에서 나왔다는 것을 알 수 있다. 사람의 본성을 설명하는데 성선설과 성악설이라는 상반된 의견이 공존하는 이유를 깨닫게 하는 속담이다.

039 물이 맑으면 고기가
안 모인다.

　　동·서양의 속담들 중에서 내용만이 아니라 사용된 단어까지 똑같은, 여러 개의 속담중의 하나이다. 사람 사는 세상에서 공통적으로 경험할 수 있는 현상이라는 점에서, 같은 내용의 속담이 생겼을 것이다. 물고기들의 먹이가 되는 수중의 작은 동·식물이 물속에 살지 않으면 물고기들이 안 모여 든다. 마찬가지로 사람들의 경우에도, 예외 없이 원리원칙만 주장하는 "맑은" 사람들에서는 이해, 여유, 포용을 기대할 수 없다. 그러다보니 자연히 다른 사람들이 가까이 하기를 꺼리게 된다는 비유이다.

　　좀더 넓은 범위로 이 속담을 적용시켜보면, 역사적으로 정변이 일어났을 때 의리를 지킨다는 원칙, 즉 끝까지 맑은 물속에서 살겠다는 신념 때문에 똑똑하고 유능한 인재들이 희생을 감수했던 예가 많다. 이들에게 맑은 물을 포기한다는 타협은, 자신에 대한 용서할 수 없는 배신으로

039   If water be too clear, it will contain no fish.

생각했기 때문이다.

　그렇지만 자연 세계에서는 모든 생물이 서로 얽혀, 주고받으면서 수천만 년을 공존해왔다는 것을 인정하면, 양보와 타협은 생존의 필수조건일 것이다. 물도 맑으면서, 고기도 풍부한 이상적인 상태는 존재하기도 어려웠고, 오랜 세월 지속되기도 어려웠을 것이다. 지나친 이상주의는 득보다 실이 많다는 뜻으로 해석할 수 있는 속담이다.

040 밑 빠진 독에 물 붓기다.

요즈음처럼 상·하수도 시설이 집안까지 설치되지 않았을 때에는 독은 식수를 저장하는 귀중한 살림 용기였다. 이렇게 귀중한 독에는 항상 물이 차 있어야 하는데, 독의 밑이 빠지면 계속 물을 퍼부어도 독은 항상 비어있기 마련이다. 살아가면서, 아무리 노력해도 성과를 낼 수 없고, 계속 헛수고에 그칠 때를 비유하는 말이다.

실제로 어느 집안의 수입이 아무리 넉넉해도 가장이나 주부가 습관적으로 사치스러운 생활을 계속하면, 그 집안은 아무리 돈을 많이 벌어드려도 밑 빠진 독에서 물이 새어 가듯이, 항상 돈이 부족해서 쩔쩔매는 사태에 빠질 것이다.

Sieve는 한국어로 "체"이다. 많은 한국인들이 즐겨 먹는 콩국을 만들 때, 체에 거르면 액체인 콩국은 밑으로 떨어지고, 나머지 비지는 체에 남아있게 된다. 구멍 뚫린 독

040 To carry water in a sieve.
Water does not remain in a sieve.

에 물을 저장할 수 없는 것과 마찬가지로, "체로는 물을 나를 수도 없고, 체에는 물이 남아있을 수 없다."라는 서양 속담도 같은 이치를 지적하고 있다.

　이런 엄연한 자연의 이치를 보면서, 또 알고 있으면서, 밑 빠진 독이나 체에 계속 물을 부으려는 사람들이 많다. 다른 사람들에게는 아무 성과 없는 헛수고이겠지만, 내 경우만은 가능하다고 믿는 어리석은 사람들이 항상 있기 때문이다.

041 바늘 도둑이 소도둑 된다.

"손버릇이 나쁘다."라는 한국말이 있다. 한문으로는 도벽(盜癖)이라고 하는데, 둘 다 "물건을 훔치는 버릇"이라는 뜻이다. 아마 많은 사람들이 초등학교 다닐 때 반에서 연필이나 고무 같은 학용품, 혹은 점심 값으로 받은 푼돈을 잃어버렸거나, 잃어버렸던 친구가 있었던 기억이 날 것이다. 선생님은 반 아이들을 모두 "수색"해서 훔친 아이를 찾아냈던 때도 있었고, 또는 끝까지 미스테리로 남아있을 때도 있었다. 문제는 남의 물건을 훔치는 버릇이 있는 아이는, 좀처럼 이 버릇을 고치기가 어렵다는 것이다. 어렸을 때 남의 연필을 훔친 아이는 자라서, 남의 가방속의 귀중품이나 현금을 훔치는 큰 도둑으로 자랄 수 있다. "달걀 한 개를 훔친 아이는 커서 황소를 훔칠 것이다." "한 온스를 훔친 아이는 커서 한 파운드를 훔칠 것이다." 등의 서양 속담도 모두 어릴 때 나쁜 버릇이 어른이 되면서 훔

041

He that will steal an egg, will steal
an ox.
He that will steal an ounce, will steal
a pound.
He that will steal a pin, will steal
a better thing.

치는 규모가 커진다는 말이다.

한 가지 흥미 있는 사실은, 훔치는 버릇이 교육이나 가정환경과 직접적인 연관성이 없다는 것이다. 좋은 가정에서 자라 고등교육을 받은 사람들이 친구나 친척의 지갑에서 돈을 훔치는 경우는 드물다. 그 대신 복잡한 투자를 통해 고객을 속여서, 그의 재산을 대폭 축내는 일은 자주 뉴스에 보도되고 있다. 교육도 가정환경도 훔치는 버릇과 아무 상관이 없다면, 결국 먼 조상으로부터 물려받은 유전인자 탓으로 돌릴 수밖에 없다.

042 바느질 못하는 년 반짓고리 타령한다.

자신의 결함이나 실수를 인정하지 않고 남의 탓으로 돌리는 것은 동·서양을 막론하고 사람들의 본성에 박혀 있는 자기 보호본능 인듯하다. "바느질이 서투른 여자는 바느질 도구를 나무란다."는 서양 속담은 한국 속담의 직역 같다. 춤 못 추는 여자애는 밴드 탓을 하고, 서투른 일꾼은 도구 탓, 글자를 쓸 줄 모르는 사람은 펜 때문이라고 평계를 댄다는 속담들 역시, 모두 자기 결함을 남의 탓으로 돌리려는 성향을 지적하고 있다. 이런 성향을 종합해서 "잘되면 내 탓이요, 안되면 조상 탓"이라는 말이 나왔을 것이다.

이런 변명의 습관은 분명히 긍정적인 성향은 아니다. 자신의 결함을 알고, 이 결함을 고쳐서 좀더 수준 높은 기술자가 되겠다는 의욕 없이, 계속 남의 탓만 하면 그 사람은 하급 기술자의 위치를 벗어날 수 없다.

> **042**
> A bad seamstress blames her sewing equipment.
> The girl who can't dance says the band can't play.
> A bad workman blames his tools.
> He who can't write says the pen is bad.

한편, 이같이 재주 없는 사람들을 위한 변명도 있을 수 있다. 자기들이 아무리 노력해도 선천적으로 뛰어난 재주를 타고난 사람들의 수준을 따라잡지 못하다는 것을 알게 될 경우, 체면유지를 위해 자기의 서투른 솜씨를 "남의 탓"으로 돌리고 싶은 본능에 가까운 시도일 수도 있다. 하급 수준의 기술자가 되지 않으려면 남의 탓을 할 것이 아니라 자신의 솜씨를 개선하려는 노력이 필요하다는 교훈을 담고 있는 속담이다.

043 발 없는 말이 천리를 간다.

옛날 옛적 교통수단도, 통신망도 발달하지 않았던 시대에는 천리길이란 참으로 멀고 먼 거리였다. 발을 가진 사람이라도 천리길을 가자면 오랜 세월이 걸리는데, 발도 없는 말이 천리길을 간다는 것이 참 "신기한 일"이라는 뜻을 담고 있다. "말은 발이 없지만 빨리 여행을 한다."는 서양 속담도 같은 내용이다.

이렇게 짧막한 속담 안에는, 말이란 일단 입에서 나오면 말하는 사람이 미처 깨닫지 못하는 사이에 멀리, 또 널리 퍼지면서 천리라는 먼 거리까지 도달할 수 있다는 사실을 일깨워 주고 있다.

더 나아가서, 천리길을 가는 동안 자기가 처음 한 말이 수많은 입을 거치면서, 말의 내용이 변해서 근거 없는 "소문"으로 변질될 수 있다는 것이다. 더욱이 소문의 대상이 특정 인물일 경우, 부정적인 내용을 담고 있는 말이라

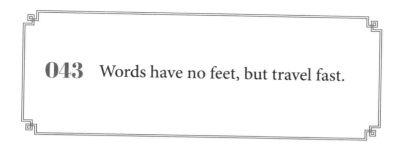

043   Words have no feet, but travel fast.

면 당사자에게 타격이 될 수 있다는 가능성의 경고도 품고 있다.

　이런 이유 때문에 말을 함부로 해서는 안 된다. 특히 말을 할 때에는 근거 없는 소문이나 남에게 해를 끼칠 수 있는 험담을 옮기는 일을 해서는 안 된다는 가르침을 담고 있는 속담이다.

044 방귀가 잦으면 똥이 나온다.

방귀, 똥, 천박하지만 모두 순수한 한국말이다. 방귀가 자주 나오는 것은 뱃속 대장 속에 똥이 나올 준비가 되어있다는 전조이다. 이 생리적인 현상을 세상사에 적용하면, 어떤 큰일이 장차 일어나게 되면, 미리 그에 대한 전조가 있다는 뜻이다.

지진대를 가지고 있는 남가주에서는 가끔 사람들이 느낄 수 있을까 말까 하는 약한 지진이 일어나는데 이런 약진이 계속되다 보면, 결국 큰 지진이 일어나는 전조가 될 수 있다. "활이나 총을 자주 쏘는 사람은 언젠가는 명중시키게 된다."는 서양 속담도 어떤 일이든지 계속하면 목표를 달성할 수 있다는 뜻을 담고 있다. 비유의 대상이나 느낌이 한국 속담과는 다르지만 작은 움직임이나 행위가 지속적으로 반복되면, 결국 큰 결과로 이어지기 마련이라는 점에서 같은 뜻을 담고 있다.

044 He who shoots often hits at last.

큰일이 일어나려면, 그전에 작은 전조가 있다는 이 두 속담은 좋은 일에도 적용되지만 나쁜 일이 일어날 경우에 대한 경고로 보는 것이 더 적합한 해석이다. 좋지 않은 전조가 계속되는 경우에는 정신을 바짝 차려서 큰 재난이 올 가능성에 대비하라는 경고를 담고 있는 속담이다.

045 배 보다 배꼽이 더 크다.

출생 시 어머니와의 연결고리인 탯줄을 자른 자국인 배꼽이, 배보다 크다는 것은 자연의 이치에 어긋나는 현상이다. 그렇기 때문에 배꼽이 배보다 클 수도 없고, 커도 안 될 것이다. 마치 "도시로 들어가는 문을 도시보다 크게 하지 말아야 하는 것"이나 "집보다 집에 들어가는 문을 크게 하지 않는 것"이 순리에 맞지 않는 짓이라는 서양 속담들도 같은 논리이다. 하지만 "배보다 배꼽이 더 큰"일은 일상생활에서 자주 일어난다. 고리로 돈을 빌려서 사업을 시작했는데 일이 잘 안 풀리면, 시간이 갈수록 이자가 빌린 원금보다 더 크게 되는 경우가 그런 예중의 하나이다.

학술 논문이나 회고록에는 본문에서 서술한 정보에 대해서 주석을 다는 경우가 많은데, 경우에 따라서 주석이 본문보다 더 긴 경우도 있다. 또 역사 강의에서 사실에 근거한 정사보다 재미로 첨가해놓은 부속적인 얘기에 더 중

> **045** Make not the gate wider than the city.
> Make not the door wider than the
> house.

점을 두고 강의를 하는 경우도 있다. 주체가 되는 부분과 부속 부분의 비중을 거꾸로 하는 것은, 몸통과 가지를 혼동하는 질서에 어긋나는 행동임으로 조심해야 한다는 가르침이 들어있는 속담이다.

046 배주고 배속 빌어먹는다.

    시원하고 맛있는 배의 살 부분은 남에게 주고, 시어서 먹을 수 없는 배속만 챙기는 어리석음, 호두 속에 들어있는 알맹이는 뺏기거나 잃어버리고, 먹을 수 없는 호두껍데기만 챙기는 바보짓을 지적하는 속담이다. 살아가면서 남에게 배의 살이나, 호두의 속살같이 귀중한 재물 등의 호의를 베풀었지만, 그 호의의 대가는 배속이나 호두껍데기 같이 아무짝에 쓸데없는 것으로 돌아올 수 있다는 어리석음을 경계하는 속담이다.

    몇 년 전 신문에 칼럼을 쓰면서 소개한 옛날 이야기다. 어느 부잣집 가장이 환갑을 지낸 후, 상당한 재산과 함께 집안 살림을 맏아들에게 넘겨주었다. 단, 아버지가 필요할 때마다 용돈을 드린다는 조건이었다. 첫 용돈을 받아 쓰고 난후 얼마 있다가 아버지가 아들에게 "애야, 용돈 좀 주어야겠다."라고 하자, 아들이 깜짝 놀라면서 "아니, 지난

046 To lose the kernel and leap at the shell.

번 드린 용돈 벌써 다 쓰셨어요?" 하고 놀래면서, 다분히 못마땅하다는 투로 대답하더란다. "배"와 같은 재산을 몽땅 물려주었는데 "배속" 같은 적은 액수의 용돈을 간청해서 얻어 쓰는 격이 되었다는, 쓴 경험담을 가까운 친구들에 털어놓았다는 얘기를 집안 어른들로부터 들었다. 제일 가까운 부자(父子) 사이에도 이런 일이 일어나는데 남남 사이에서는 흔히 일어날 수 있는 일이다. 남을 믿고 배를 주는 것 같은 어리석은 짓을 하지 말라는 경고를 담고 있는 속담이다.

047 뱁새가 황새 따라가려면 가랑이가 찢어진다.

뱁새는 몸통이 작고 따라서 다리도 짤막하다. 짧은 다리로, 다리가 긴 황새를 따라가려면 "가랑이가 찢어지는" 불상사를 당하게 된다. "손에 닿지 않는 높은데 있는 것을 잡으려다가 한참 밑으로 떨어진다." "들어 올릴 수 없는 것은 아예 시도하지 말라." "공작새가 되려고 애쓰는 참새는 다리를 부러뜨릴 수 있다."라는 서양 속담들도 이룰수 없는 일은 시도하지 말라는 뜻을 담고 있다. 이들 동·서양의 속담 모두 자신의 처지나 능력에 대한 무지, 과신 때문에 불가능한 일을 시도한다면, 실패와 더불어 큰 피해까지 입게 된다는 경고를 담고 있다.

그러나 이런 패배주의적 사고에 반대되는 충고도 있다. 속담은 아니지만 널리 알려진 시조 중에 "태산이 높다 하되 하늘아래 뫼이로다. 오르고 또 오르면 못 오를리 없겠지만, 제 아니 오르고 뫼만 높다 하더라."라는 시조가 있

> **047**
> Who aims at things beyond his reach, the greater will be his fall.
> A thing which cannot be lifted should never be undertaken.
> Sparrows who emulate peacocks are likely to break a thigh.

다. 한쪽에서는 불가능한 일은 아예 시도도 하지 말라고 하고, 다른 쪽에서는 끝까지 노력해 보면 목적을 달성할 수 있다고 하니, 어느 쪽 말을 따라야 할까? 세상에는 모든 일에서 안전제일주의로 살아가는 신중한 사람들이 있고, 이들과 대조적으로 불가능하게 보이는 일에 도전해서 목표를 달성하려는 대담한 사람들이 있다. 여기에 소개한 네 개의 동·서양 속담들은 모두 전자의 편을 드는 속담들이다.

048 범 없는 산에 토끼가 왕 노릇한다.

　　사람 사는 세계에서는 물론이고 동물의 세계에서도 무리를 거느리는 우두머리가 있다. 아마 종족의 안전과 보호를 위해서 자연히 형성된 현상일 것이다. 이 우두머리 또는 지도자가 사고나 병 때문에 자리를 비우게 된 경우, 지금까지 우두머리를 해보지 못했거나 피해자 입장에 있었던 멤버가 그 자리를 차지하게 된다. "호랑이 없는 세상에는 토끼가 왕 노릇을 한다." "고양이가 없는 곳에서는 쥐가 왕이다." "장님들의 세상에서는 눈 하나 가진 사람이 왕이 된다."라는 서양 속담 모두, 이전의 왕이나 우두머리에 비해 힘도 세지 않고 리더십도 부족한 멤버가 꼭대기 자리에 올라가서 왕 노릇을 하게 된다는 사태를 비유하고 있다. 이 속담에는 또 지도자다운 자격을 갖추지 못한 자들이 지도자 자리에 앉아 있는 꼴이 아니꼽다는 뜻도 담겨있다.

048

Where there is no tiger, the hare behaves like lord.
Where there is no cat, the rat is king.
In the country of the blind, the one-eyed man is king.

이 속담을 사람 사는 세상으로 옮겨 보면, "구관이 명관"이라는 말에 연결시켜 볼 수 있다. 오랜 세월 부패한 탐관오리들에게 시달린 백성들이 새 관리가 부임할 때마다 혹시나 이번에는 청렴한 분이 부임하려니 기대했다가 번번이 실망했다는데서 유래한 말이다.

동물의 세계를 주제로 한 네 개의 동·서양 속담들이 삶에서 부딪치는 세태를 가볍게 풍자한 것으로 볼 수 있다면, "구관이 명관"이라는 말은 현실에서 자주 볼 수 있는 부조리한 세태에 대한 실망과 풍자가 섞여있는 말로 볼 수 있다. 세상은 완벽하게 또 합리적으로 움직이는 것이 아니라는 뜻을 담고 있는 말이기도 하다.

049 부뚜막에 소금도
집어 넣어야 짜다.

옛날에는 지금처럼 소금을 쉽게 구할 수 없었기 때문에, 때로는 먼 거리까지 가서 구해오곤 했다. 그런 귀한 소금을 구해 와서 솥이 걸린 부뚜막 위에 음식을 준비해 놓았어도, 막상 소금을 음식에 집어넣지 않으면 음식 맛이 제대로 나지 않는다. 지금까지의 수고가 모두 헛수고가 되는 셈이다. "귀한 포도주도 병에서 따라 마시지 않으면 갈증을 해소할 수 없다."라는 서양 속담도 역시 마지막 단계의 행동이 중요하다는 것을 강조하고 있다.

이 책에서 소개하지는 않았지만 "구슬이 서 말이라도 꿰어야 보배."라는 속담도 동·서양의 속담들과 같은 내용이다.

끝으로, 한문 사자성어 중 화룡정점(畵龍點睛)이라는 말을 인용해 본다. 아무리 완벽하게 용의 그림을 그렸어도, 마지막으로 눈동자를 그려 넣지 않으면 용이 살아서

049   Wine in the bottle does not quench
       thirst.

날지 못한다는 뜻으로, 역시 끝맺음의 중요성을 강조하는
교훈이다.

050 부부 싸움은 칼로 물 베기다.

　　사람이 사는 세상에서 일어나는 각양각색의 사건들의 의미를 해석하고, 삶의 지혜를 가르쳐주는 것이 속담의 기능이라 하겠다. 많은 사람들과 함께, 나 역시 여기에 소개된 대부분의 속담의 뜻에 동의한다. 하지만 나의 개인적인 입장에서 소수의 공감이 안가는 속담들도 있었다. 이 속담이 바로 그 소수의 속담 중의 하나이다.

　　옛날에는 부부 사이에서 남자가 주도권을 쥐고 있었고, 또 세상살이가 지금처럼 복잡하지 않아서 부부 싸움의 원인이 될 만한 것도 그렇게 많지 않았을 수 있다. 서양 속담에서는 부부 싸움 대신 "연인들의 다툼"이라는 말을 썼는데, 결혼생활이라는 현실을 아직 경험해보지 않았던 연인 사이에서의 말다툼은 결혼한 부부 사이의 싸움과는 많이 다를 것이다. "부부 싸움은 칼로 물 베기" 식의 단순한 부부 싸움의 시대는 지났다. 긍정적인 안목에서 보면, 집

050 A lover's quarrels oft in pleasing concord end.
The quarrel of lovers is the renewal of love.

안에서 살림만 하고 가장인 남편에게 복종하면서 일생을 살던 주부들이 집 밖으로 나와서 돈을 벌어보고, 세상 돌아가는 것에도 직접 참여하게 되면서 부부 사이에도 활발한 소통이 이루어지고, 경제적으로도 더 여유 있는 가정생활을 하는 행복한 부부상이 많이 생겼다.

유감스럽게도 이와는 반대의 현상 역시 늘어났다. 부부가 동등한 권리를 주장하게 되면서 의견충돌이 자주 일어나게 되고, 부부 싸움이 칼로 물 베기 식으로 끝나는 대신, 가정불화나 이혼 소송으로 이어지는 경우가 많아졌다. 현 시점에서 이 속담은 현실과 거리가 먼, 과거 태평시대에 대한 향수 또는 "Wishful thinking"의 예로 남을 수 있다.

051 빈 수레가 더 요란하다.

수레는 자동차가 등장하기 전까지 짐을 나르는데 사용되던 수송도구였다. 사람이 끄는 경우가 있었고, 소나 말이 끄는 경우도 있었다. 이 수레에 짐이 가뜩 실려 있는 경우에는 비교적 수레 지나가는 소리가 조용한 반면, 빈 수레가 지나가는 경우는 덜컹거리는 바퀴소리가 크게 들린다. 수레의 현대판인 트럭도 짐을 가득 실은 트럭은 비교적 소리가 적은 반면에, 빈 트럭은 달리면서 덜컹거리는 소리를 낸다. 아마도 짐을 가득 실은 수레나 트럭은 바퀴가 땅에 바짝 붙어가기 때문에 소리가 적게 날 것이다.

빈 수레가 덜컹거리는 소리를 내는 것과 마찬가지로 아는 것도 별로 없고, 경험도 부족한 사람이 누구보다 많이 알고, 경험도 풍부한 듯이 떠들어댄다는 것을 못마땅하게 여기는 뜻이 들어있는 속담이다. "침묵은 금이요, 웅변은 은이다."라는 격언도 말 많고 시끄러운 사람들보다는

051 Empty vessels make the most sound.

말없이 침묵을 지키는 사람을 더 높이 평가하는 점에서 이 속담과 맥을 같이 한다. 하지만 이런 속담의 가르침을 그대로 따른다면, 어떤 세상이 될까? 어느 날 빈 수레가 조용해지고 아는 것이 없는 사람이 조용히 입 다물고 있으면, 세상은 완전 침묵이 지배하는 세계가 될 것이다. "빈 수레" 때문에 짜증이 날 때도 있지만 웃음이 나올 때도 있다는 것을 기억한다면, 이 속담을 너무 심각하게 받아 드릴 필요는 없을 듯하다.

052 빚보증 선 자식 낳지도 말아라.

오랜 세월 경험을 통해서 잘 알려진 사실중의 하나가, 친구나 친지 등 아는 사람의 빚보증을 서 준다는 것은 결국 그 빚을 떠안게 되는 위험한 행위가 될 수 있다는 것이다. 세상 물정에 밝은 사람들의 입장에서 볼 때, 이런 잇속 없는 행위를 저지를 정도로 어리석은 자식은 낳지 않는 것이 더 낫다는 충고이다.

이와는 약간 방향이 다르지만, "남에게 돈을 꾸지도 말고 꾸어주지도 말라. 돈을 꾸어주면 돈도 잃어버리고 친구도 잃어버린다."라는 충고가 있다. 셰익스피어의《햄릿》에 나오는 대사로, 아버지가 먼 길을 떠나는 아들에게 들려주는 긴 당부의 일부이다. 세월이 흐르고 시대가 변하면서 이 속담의 내용은 구시대에나 있었던 문제에 적용되는 교훈이라는 느낌이 들 수 있다. 돈을 꾸고, 꾸어주고, 보증을 서주는 일이 개인 사이에 일어나는 경우보다 금융기관

052　Neither a borrower nor a lender be.

을 통해서 일어나고 있을 때가 더 많기 때문이다.

　이 속담의 뜻을 일상생활에 확대 적용해 볼 수 있다. 손해 볼 가능성이 있는 일에는 끼어들지 말라는 것이다. 남의 일에 나서서 도움을 주려다가 자신이 피해를 입게 될 수도 있으니까 평소에 앞뒤를 살피고 손해가 될지 이득이 될지를 따져서 영리하게 행동하라는 뜻으로 받아드릴 수 있다. 야박한 처세를 가르친다는 느낌이 들지만 자기 보호라는 관점에서 보면, 틀린 권고는 아니다.

053 뺨을 맞아도 은가락지 낀 손에 맞는 것이 낫다.

속담 중에서 읽고 나서 웃음이 나오는 것들이 있는데, 이 속담이 바로 그중의 하나이다. 남에게 뺨을 맞는다는 것은 큰 모욕을 당하는 것이지만, 그래도 돈 있는 사람에게 맞으면 덜 분하다는 심리를 말해주고 있다. 은가락지 낀 손에 맞으면 나중에라도 보상받을 가능성이 있기 때문에 덜 분하다는 해석은, 전근대 사회에서처럼 인권이라는 개념이 없었던 시대에는 적용되기 어렵다. 그보다는 은가락지 낀 사람은 돈이 많고 신분이 높은 사람이어서 나 같은 가난뱅이를 때려도 맞을 수밖에 없다는, 뿌리 깊은 계급의식과 열등의식에 길들여져 있기 때문일 가능성이 크다.

"사람들은 귀족을 좋아한다. 돈 많은 귀족의 인척이 되는 것은 참 좋은 일이다."라는 서양 속담도 바로 돈 있고 지위 높은 귀족들과 인척관계에 있는 것을 자랑스럽게 여

053 Everybody loves a lord. It's good to be related to silver.

기는 심리를 꼬집고 있다. 동·서양의 이 두 속담들은 "은 가락지 낀 부자들"과 높은 지위에 있는 "귀족"들이 누렸던 특권과 이 귀족들을 의식, 무의식적으로 숭배했던 백성들의 의식세계를 들여다 볼 수 있는 속담이다. 유머를 통해서 돈에 대한 숭배를 비웃고 있지만, 만민 평등 사회라는 현대 민주주의 세계에서도 돈과 권력에 대한 숭배는 예전과 크게 달라지지 않은 것을 보면, 쓸쓸한 웃음이 나온다.

054 사공이 많으면
배가 산으로 올라간다.

　　일상생활에서 자주 듣는 이 속담을 영어 〈속담집〉에서 5개나 찾을 수 있었다. 그만큼 속담이 전달하는 뜻에 대한 공감대가 크다고 볼 수 있다. 태어난 지역과 환경도 다르고, 타고난 성격과 재능도 천차만별인 수많은 사람들이 사는 세상이다. 이러한 세상에서 각자가 자기주장과 욕심대로 살려고 하면, 끝없는 반목과 분쟁 때문에 그룹 전체의 생존에 위협이 된다는 뜻을 품은 속담들이다.

　　이런 위험한 상태를 벗어나려면 질서가 필요하고, 이런 질서를 지휘하는 세력이 있어야 한다. 또 이런 세력은 여러 사람이 나눠서 행사하는 것보다 유능한 한사람에게 집중되어 행사할 때, 효과적이라는 것이 오랜 경험을 통해서 얻은 지혜이다. 강을 건너려면 여러 명의 사공들보다는 한 명의 능력 있는 사공의 지휘가 효율적이다. 여러 숙수(熟手)들이 만들어낸 수프는 맛없는 수프가 되고, 주인이

054 Many captains and the ship goes to the rocks.
If the sailors become too numerous the ship sinks.
Too many boatmen will run the boat up to the top of a mountain.
Too many cooks spoil the broth.
Where everyman is master, the world goes to wrack.

여럿인 세상은 혼란을 가져온다는 서양 속담들 모두, 여러 명의 지도자보다는 한 명의 유능한 지도자의 지도가 효과적이라는 뜻을 품고 있다.

이 속담들의 뜻에는 동의한다. 하지만 현실에 적용해 보면, 실제로 실천하기는 어려운 충고이다. 자천, 타천을 통해서 "master"들이라고 나서는 사람들 중에서, 과연 누가 제일 자격을 갖춘 후보인가를 정확하게 꼭 집어내는 것은 결코 쉬운 일이 아니기 때문이다. 선거철마다 겪는 고민이요, 쉽사리 답을 얻을 수 없는 난제이다.

055 사흘 굶어 담 넘어가지 않는 놈 없다.

이 속담은 긴 설명 없이도 쉽게 이해할 수 있는 내용이다. 하루 세 끼 중 한 끼만 굶어도 배고픔을 느끼는 것이 사람들의 공통적인 경험이다. 사흘 동안 먹지 못하면 목숨을 부지하기 위해 남의 집 담을 넘어 도둑질을 할 수밖에 없다는 냉혹한 현실을 지적하고 있는 속담이다. "배고픔은 돌담도 뚫는다."거나 "가난하면서 충성과 진실을 지키는 것은 어려운 일"이라는 서양 속담도, 극한 빈곤과 기아의 상황에서는 정직과 충성 같은 덕목이 설 자리가 없다는 것을 말해주고 있다.

배고픔과 관련된 얘기를 들을 때마다 나에게 떠오르는 얘기가 있다. 캘리포니아에서 흔히 보는 레몬트리에 주렁주렁 달린 레몬을 보면 떠오르는 얘기다. 굶고 있는 조카를 위해 빵을 훔치고, 19년의 오랜 세월 감옥살이를 한 장발장의 얘기다. 부모 입장에서는 자신이 배고픈 것도 참

055

Hunger breaks stone wall.
Hunger will break through stone walls.
It is a hard task to be poor and loyal, true.

기 어렵지만, 내 아이가 굶고 있는 것은 더욱더 참기 어려운 고통이다. 그런 상황에서 담장 없는 남의 집 마당에 레몬 대신 사과나무에 주렁주렁 열린 사과를 보면, 그 사과를 훔쳐서 배고픈 아이들에게 주어야 할지, 또는 차마 양심상 훔치지 못하고 그냥 지나쳐야 할지, 도덕적 딜레마에 빠질 것이다. 정말 사흘을 굶었거나 사흘을 굶은 아이들이 있다면, 이 같은 주저는 현실과는 거리가 먼, 배고프지 않은 사람들의 한가한 얘기에 그칠 수 있다. 생명을 위협하는 상황에서도 절대로 남의 물건을 훔치는 짓은 안하겠다고 장담할 수 있는 사람들이 과연 몇이나 될까?

056 성복 후에 약방문이다.

　　성복은 고인이 돌아가신 후, 상제들이 입는 옷이다. 성복을 할 때에는 이미 고인이 돌아가신 후임으로, 이때에는 아무리 효험 있는 약방문을 구해도 소용이 없다. "환자가 돌아간 후에 의사가 왕진을 왔다."거나 "이미 끝난 일에 대해서 충고를 해주는 것은 너무 늦었다."라는 서양 속담도, 때를 놓친 도움이나 충고는 소용없다는 것을 말해주고 있다.

　　뉴스에 보도되는 사고들 중에는 교통사고를 비롯해서 등산, 스키, 서핑 등 위험이 큰 스포츠에서 훈련이나 준비 부족, 또는 순간적인 방심으로 사고당하는 경우가 많다. 이 경우 구조대가 도착했을 때에는 이미 때가 늦어서 "성복 후에 약방문"격이 되는 경우가 많다.

　　한편 미리 예방해서 재난을 피할 수도 있지만, 아무리 준비를 잘 했어도 재난당할 운명이라면 당하게 된다는

056 After death the doctor comes. Advice comes too late, when a thing is done.

운명론적 시각도 있다. 만약 미리 앞날을 예견하고 준비를 철저히 해서 재난을 피할 수 있는 것이 가능하다면, 젊은 나이에 병이 들거나 사고의 희생이 되어 일찍 죽는 경우는 드물 것이다. 하지만 한치 앞을 내다보지 못한다는 사람의 능력의 한계를 인정한다면 "성복 후에 약방문"의 현상은 쉽게 사라질 것 같지 않다.

057   성현도 시대를 따르랬다.

"성현"은 사전에 성인과 현인이라고 나와 있다. 성인과 현인이라면 평범한 보통 사람들보다 덕이 높고 지혜가 출중한 인물들이다. 이런 성현이라도 시대가 변하면 평범한 일반 사람들과 마찬가지로 시대의 변화에 따르고 적응하라는 권고이다.

일상의 생활습관에서 예를 찾는다면, 지금부터 200년 전까지만 해도 남자는 성년이 되면 상투를 틀고 벼슬을 하면 감투를 썼고, 여자는 비녀를 써서 쪽을 찌고 긴 치마를 입었다. 그 후 외부 세상에서 새 문화와 풍습이 몰려왔다. 이에 대한 저항이 거세었지만, 결국 시간이 흐르면서 상투도, 감투도, 쪽찌는 비녀도 사라지게 된 것이다. "사람들은 시대의 변화에 순응해야 한다." "흐르는 물결에 저항하는 것은 좋지 않다."라는 서양 속담도 같은 가르침이다.

이 속담을 정치에 적용해 보면, 해석이 약간 복잡해

057 One should be compliant with the times.
It is ill striving against the stream.

질 수 있다. 성현들 중에서는 시대를 따르는 것이 자신의 신념에 위배되기 때문에 목숨을 걸고 시대를 따르지 않았던 분들이 적지 않았다. 한국사에서 대표로 시대를 따르지 않았던 성현들 중 사육신들과 고려 말 정몽주의 절개를 생각해 본다. 정통성이 없는 무리들이 정권을 찬탈한 것이 도저히 용납할 수 없는 역적 행위라고 굳게 믿었기 때문에, 이분들은 주저 없이 목숨을 바쳐서 시대를 따르지 않았다. 만약 이분들이 시대를 따라 새 정권에 참여해서 나라 발전에 공로를 세웠으면, 역사에 큰 공헌을 할 수 있지 않았을까 하는 상상을 해보았다.

058 세 살 버릇 여든까지 간다.

이 속담은 과장된 감이 있지만, 세 살이라는 어린 나이에 익힌 버릇이 늙어서 죽을 때까지 고쳐지지 않는다는 말이다. 이 속담이 동·서양을 통해서 오랜 세월 인용되어 온 것을 보면, 많은 사람들의 공감대가 컸다는 것을 알 수 있다. 세 살 때 나타나는 버릇이 선천적인 개성이 표현된 것인지, 또는 세상에 나와서 3년 동안 주위에서 보고, 듣고, 알아차렸던 여러 가지 현상을 재빨리 터득해서 자기에게 이로운 행동을 반복하고, 결국 "습관"으로 고정된 것인지 분명치 않다. 세 살짜리가 뭘 알아서 자기에게 유리한 버릇을 갖게 되느냐 라고 물을 수도 있지만, 많은 사람들이 그 나이에 벌써 누가 자기를 사랑해서, 자기 요구를 척척 들어주는지를 직감적으로 알았던 기억이 있을 것이다.

세 살 때부터 가르쳐야 하는 버릇에는 칭찬해야 할 좋은 버릇도 있고, 고쳐주어야 할 나쁜 버릇도 있다. 자녀 사랑에 흠뻑 빠져있는 부모 눈에는 칭찬할 버릇이나, 고쳐줄 버릇이나 구별 없이 모두 사랑스럽기 때문에 좋은 버릇, 나쁜 버릇을 구분해서 가르치는 적기를 놓치게 된다. 그로 인해 마침내 좋지 않은 버릇이 "여든"까지 계속되는 결과가 나올 수 있다. 세 살 때부터 가르쳐야 하는 수많은 버릇들 중에서 좋은 버릇 하나를 예로 들어본다. 사람을 만났을 때 웃음 띤 얼굴로 "Hi" 하고 인사하는 버릇이다. 이 인사하는 버릇이 80세까지 계속되어 습관으로 굳게 된다면, 삶에서 가장 중요한 자산을 얻은 셈이라는 것이, 내가 오랜 세월 교사로서 복무하면서 터득한 교훈이다.

059 소 잃고 외양간 고친다.

옛날에는 많은 농가에서 소가 재산 목록 1호에 들어 갔을 만큼 중요한 자산이었다. 소의 도움 없이는 가족의 생계인 농사일을 할 수 없었기 때문이다. 그런 귀중한 존재인 소가 쉬고 거처하는 외양간을 평소에 잘 보살펴야 하는데, 도둑을 맞은 다음에야 고치는 어리석음을 지적하는 속담이다. 앞서 소개한 "성복 후에 약방문"(56)과 같은 내용으로 모든 일을 제대로 하려면 적합한 때가 있는데, 이때를 놓치면 아무리 좋은 조처를 취해도 소용없다는 경고이다. "말을 도둑맞은 다음에 마구간 문을 닫는 것은 너무 늦었다." "송아지를 도둑맞은 다음에 외양간을 고쳐도 소용없다."라는 서양 속담도 같은 뜻이다.

한편 소를 도둑맞은 농부의 처지를 전혀 이해 못할 바는 아니다. 아마 동네 소문을 통해서 소를 훔쳐가는 도둑이 있다는 소문을 들었을 것이고, 또 자기집 소가 거처하

It is too late to shut the stable door, when the steed is stolen.
When the calf is stolen, the peasant mends the stall.

는 외양간이 헐어서 도둑이 쉽게 소를 훔쳐갈 수 있다는 위험도 알고 있었을 것이다. 외양간을 적시에 고치지 못했거나 고치지 않았던 이유는 여러 가지가 있겠지만, 그중에서 제일 그럴듯한 이유는 바로 "설마"를 믿었기 때문이 아닐까? 주위에서 수많은 불의의 사고와 재난을 당하는 것을 보고 살지만, 이런 불행한 일은 남에게 일어나는 일이고 자신에게는 일어나지 않을 것이라고 믿는 자기중심적인 사고의 습관이 누구에게나 있기 때문이다. "나는 예외"라는 이런 믿음의 힘으로, 사람들이 오랜 세월 힘든 세상을 살아왔을 지도 모른다.

060 쇠뿔도 단김에 빼라.

단단히 박힌 황소의 뿔은 불에 달궈 있을 때 빼기가 쉽고, 마찬가지로 무쇠도 뻘겋게 달아있을 때 망치로 쳐야 원하는 모형을 만들어 낼 수 있다. 이 속담의 뜻을 일상생활에 적용해 보면, 어떤 새로운 아이디어가 떠올랐을 때가 바로 그 일을 시작해서 성사시킬 수 있는 최적의 시기일 수 있다는 것이다. 아이디어가 새로울 때 일을 성사시키는 원동력인 욕구, 열정, 에너지가 가장 크기 때문이다.

한편 이와는 대조적인 입장을 권고하는 속담도 있다. 참신한 아이디어라도 예기치 못했던 여러 장애물이 생길 수 있기 때문에, 시간이 걸리더라도 신중을 기해서 성취의 가능성을 검토한 다음에 결정을 내리라는 권고이다. "돌다리도 두드려 보고 건너라."[28]는 속담이 바로 이 같은 신중함을 권고하고 있다.

속담은 오랜 세월, 수많은 사람들의 삶에서 얻은 경

060 Strike while the iron is hot.

험, 지혜를 압축한 것이지만, 처한 입장에 따라 삶을 바라
보는 관점 역시 다를 수 있다. 기회가 왔을 때 "단김에 쇠
뿔을 빼듯이" 즉시 결정을 내려서 행동을 취하는 사람들이
있고, 반대로 "돌다리도 두드려 보고 걷는다."는 식으로 신
중한 검토 후에 행동을 시작하는 사람들도 있다. 현실에서
는, 어떤 한 가지 방법이 항상 효과적인 방법이지는 않다.
전자의 방법을 써서 성공을 거둔 예도 많고, 후자의 방법
으로 성공을 거둔 예도 많기 때문이다. "결과는 과정을 정
당화 한다."라는 말이 생긴 이유일 것이다.

061 수염이 대 자라도 먹어야 산다.

옛날부터, 남자들의 지위, 권력, 위신을 상징하는 신체의 일부가 수염이었다. 나이가 들어가면서 수염이 길어지고 하얗게 시어가면서 권위의 상징적 의미는 더 커졌다. 한국에서도 역사적으로 이름을 남긴 인물들의 초상화를 보면, 거의 모두가 백발의 긴 수염을 가지고 있다. 그러나 아무리 높은 신분의 상징인 긴 수염을 자랑하고 있어도 하루 세끼를 제대로 챙겨먹을 수 없는 딱한 입장으로 떨어지면 높은 신분도, 그 상징인 수염도 아무 소용이 없게 된다.

"권위나 명예만 가지고는 시장에 가서 고기 한 근도 살 수 없다."는 서양 속담도, 신분의 높고 낮음은 배고픔 앞에서는 의미가 없다는 것을 지적하고 있다. 사람은 먹어야 살기 때문에 생존을 위해서 가장 기본적인 문제는 배고픔을 먼저 해결해야 한다는 사실은, 앞에서 소개한 "금강산도 식후경이다."[16] "사흘 굶어 담 넘어가지 않는 놈 없

061 Honor buys no beef in the market.

다."[55]에서도 잘 나타나고 있다. 또 "백성은 먹는 것을 하늘로 삼는다."라는 말에도, 세상의 모든 사람들에게는 먹는 것이 삶의 기본이라는 뜻이다.

적어도 수천 년 동안 문명의 발달로, 현재에는 배고픈 사람들의 숫자가 대폭 줄었지만 이 고마운 현상이 세계 구석구석에까지 완전히 자리 잡힌 것은 아니다. 장차 지구 위에서 굶주림의 고통이 사라지는 날이 올 수 있을까 하는 의문에 그렇다 라는 확실한 대답이 나오기가 쉽지 않다.

062 시작이 반이다.

　어떤 사업이나 공사를 구상하고 있는 사람들 중에는 될 수 있는 대로 빨리 일을 시작해서 빨리 끝내고 싶다는 조급한 마음을 가지는 사람들이 있다. 그렇지만 어떤 사업 계획이라도 착수해서 진행하려면, 먼저 세심하고 철저한 준비과정을 거치는 것이 필수적인 조건이다. 이런 치밀하고 골치 아플 수 있는 준비과정을 거친 다음에 일을 시작하면, 일의 진행이 순조롭기 때문에 시작한 것이 반쯤 성사된 것과 같다는 뜻이다.

　한 예를 들어본다. A씨는 100년 가까이 된 집을 사서 집을 헐다시피하고, 그 터에 새로 집을 지으려는 계획을 세우고 건축허가를 신청했다. 옛날에나 지금이나, 서양에서나 동양에서나, 어떤 공사를 시작하려면 가장 어렵고 시간 걸리는 작업이 관청의 허가를 받는 일이다. 이 골치 아픈 과정을 거친 다음에는 집 설계를 잘하는 회사를 찾고,

062 Well begun is half done.
To begin a matter is to have it half
finished.

설계도를 선택한 다음에는 공사 맡을 건축회사를 택하는
데에도 시간이 적지 않게 들었다. 허가를 받고, 설계도를
선택하고, 건축회사를 선택하는 어려운 준비를 마칠 때까
지 시간도 많이 걸렸고, 비용도 적지 않게 들었다. 그러나
일단 이렇게 힘들고 골치 아픈 준비과정이 지나고 설계에
따라 공사가 시작되니까, 마치 집짓는 일이 반은 끝났다는
기분이 들었다고 했다. 이 속담은 어떤 계획이든지, 오랫
동안 마음 속에서 구상하는 단계가 끝나서 막상 일이 시작
될 때까지가 제일 힘든 단계라는 것을 강조하고 있다.

063 시장이 반찬

"시장이 반찬"이라는 한국 속담이나, "배고픔은 최상의 소스." "배고픔은 요리솜씨에 대한 불평이 없다."라는 서양 속담도, 모두 배고픔이 얼마나 어려운 고통인가를 지적하고 있다. 배고픔의 고통이 다른 고통에 비해 더욱 참기 어려운 고통인 것은 배가 고픈 것은 생명 유지에 직접적인 위협이기 때문이다.

수많은 속담을 훑어보면, 표현은 달리 했지만 내용이 같은 것들이 여러 개 있다. 이 책에서 소개한 속담 중에서도 "금강산도 식후경이다."(16) "사흘 굶어 담 넘어가지 않는 놈 없다."(55) "수염이 대 자라도 먹어야 산다."(61) 등도 모두 사람들이 생존하기 위해서는 먹는 것이 필수적인 조건이라는, 너무나도 분명하고 무서운 사실을 지적하고 있다. 또 "백성은 먹는 것을 하늘로 삼는다."라는 말도, 백성을 굶기지 않는 것이 지도자들의 가장 중요한 책임이라는

063 Hunger is the best sauce.
Hunger finds no faults with the cookery.

것을 강조하고 있다.

동·서양의 역사를 보아도 내란이나 혁명의 원인이, 제대로 먹지 못했던 백성의 분노에서 시작된 예가 많은 것을 볼 수 있다. 국민들을 배고픔의 상태에 빠지지 않게 하는 것이 지도자들의 가장 큰 의무이자 책임이라는 것을 직·간접으로 지적하는 속담 중의 하나이다.

064 십 년 가는 세도 없고 열흘 붉은 꽃 없다.

　　천하를 호령하던 권세가 세월이 가면 기세가 꺾여버리고, 한참 아름다움을 자랑하던 꽃이 며칠 지나면 시들어 버리는 것처럼, 삶에서 영원히 지속되는 "전성시대"는 없다는 것을 지적하고 있다. 첫 번째 서양 속담은 한국어 속담의 직역처럼 사용된 어휘와 뜻이 똑같다. 두 번째 서양 속담인 "모든 좋은 일들은 끝이 있기 마련이다."라는 속담도 세월 앞에서 영원한 것은 없다는 사실을 일깨워 주고 있다.

　　이 속담에서 말하는 10년 또는 10일은 세월의 흐름의 상징적인 표현이고, 실제로 권세는 10년 만에 꽃은 10일 만에 져버린다는 뜻은 물론 아니다. 21세기에 들어선 현시점에서, 아직도 10년을 훨씬 넘은 수십 년 내지 종신 권력을 쥐고 있는 권력자들이 전 세계에 적지 않기 때문이다. "십 년 가는 세도가 없다"는 것을 내가 실감해본 경험이

064 No power lasts more than ten years, no flower stays fresh more than ten days.
All good things come to an end.

있었다.

지금부터 약 수년 전 얘기이다. 오랜만에 주유소에 가서 가솔린을 넣으면서 깜짝 놀랐던 것이 그 계기이다. 갤론당 가스값이 3불 정도였기 때문이었다. 보통 때는 가스값에 별로 신경 쓰지 않았는데, 그날의 싼 가스값이 수년 전에 약 갤론당 4불을 넘어 5불에 가깝게 되어서 깜짝 놀랐던 기억이 났기 때문이다. 그 때만 해도 중동의 오일 산유국이 전 세계의 오일 시장을 좌지우지하면서 세력이 등등하던 때였다. 그 후 미국을 비롯한 세계 여러 나라에서 석유 생산을 하게 되면서 중동의 석유 독점 현상은 사라지게 되었다. 가스값은 계속 오르고 내리고를 반복하고 있지만, 적어도 20세기 후반에 시작되었던 중동의 거대한 산유국들의 "10년 세도"는 마침내 기가 꺾였다는 것을 실증한 사건이었다.

065 싼 게 비지떡

　　떡은 주로 쌀이나 찹쌀 같은 재료로 만드는 별식이다. 이런 귀한 재료 대신 콩을 갈아서 진국을 뺀 비지로 만든 떡은 맛도 없고, 영양가도 없어서, 가난한 사람들이 먹거나 때로는 동물의 먹이로 사용하기도 했다. 일반적으로 물건을 살 때 사람들은 경제적인 여유에 상관없이 될 수 있는 대로 싸게 사고 싶은 마음 때문에 'sale'을 찾고, 때로는 흥정이라는 것을 한다. 하지만 값은 상관없으니까, 상점에 있는 물건 중에서 제일 고급스러운 비싼 상품을 사는 사람들도 있다. 그러나 대다수의 고객은 될 수 있는 대로 좋은 상품을 싸게 사는 것이 shopping의 목적이며 재미일 수 있다. 하지만 실제로 일등 상품을 이유 없이 싸게 파는 가게는 없다.

　　따라서 이 속담은 싸게 산 물건은, 마치 비지떡처럼 하급품일 가능성이 크다는 것을 말해주고 있다. "싸게 산

065 Cheap purchase is money lost.
What costs little is less esteemed.

물건은 돈만 없애는 셈이다." "싸게 산 물건을 덜 귀하게 여기게 된다."라는 서양 속담들도, 어떤 물건이든지 값싼 물건은 질이 하급품일 수 있다는 것을 상기시키는 속담들이다.

이런 속담이 생긴 이래, 세상은 엄청나게 변했다. 어디를 가도 싼 물건, 비싼 물건이 넘쳐흐른다. 극빈 후진국 외에 많은 나라에서 양적인 폭발과 더불어 하급, 불량품의 대명사로 쓰인 "비지떡"도 차츰 드물어졌다. 물론 일반 시민들에게는 귀한 물건들이 최고층 부자들에게는 아직도 "비지떡"일 수 있다는 사실은 변함없다.

066 쓴 약이 몸에 좋다.

한국에서는 수백 년 동안 약초를 달여서 만든 '한약'이 약의 주류를 이루었다. 오랜 경험을 통해서 여러 가지 질병에 효험 있는 약초를 재배해서 말린 다음, 이 약재를 약탕관에 끓여내어서 사발에 담아 마시는 약이다. 약초가 쓰기 때문에 물에 끓여 낸 약도 쓰게 마련이다. 먹기 어려운 약이지만, 바로 이런 쓴맛 때문에 병을 치료하거나 건강을 유지하는데 큰 효험이 있다는 것을 말해주는 속담이다. 약의 효험이 약초의 쓴맛 때문인지 또는 약으로 쓰는 "풀들" 안에 쓴맛 외의 다른 성분 때문인지는 알 수 없다.

세상을 살아가면서 도전과 난관을 겪지 않은 사람은 없을 것이고, 이런 크고 작은 어려움을 "쓴 약"에 비유할 수 있다. 어려움을 겪는 순간에는 "쓴 약"을 억지로 먹는 것처럼 받아드리기 힘들지만, 일단 그 순간이 지나면 "쓴 약"의 효험으로 자신감과 용기라는 정신적 강인함을 얻게

144

066 Bitter pills may have blessed effect.

될 수 있다. "젊었을 때 고생은 돈 주고 산다."라는 말이, 바로 이 속담의 뜻과 일치하는 가르침이다.

067 아는 게 병이다.

수많은 속담 중에 서로 반대되는 뜻을 담고 있는 속담들이 여러 개 있는데, 그 중 하나이다. 이 속담은 널리 알려져 있으며 자주 인용하는 "아는 게 힘이다.(Knowledge is power.)"라는 격언에 반대되는 뜻을 가지고 있다. 아는 것이 힘이 되는 대신 병이 되는 것은 어떤 경우일까? 살아가면서 큰일이건 작은 일이건 실행을 하려면 많은 준비와 더불어 모험심이 필요하다. 미래를 내다보는 능력을 가진 사람은 없기 때문에 어느 정도 준비가 되면 실천에 옮기는 결정을 하고, 일을 진행시켜야 목표 달성이 가능하다.

그러나 아는 것이 많은 사람은, 실천 과정에서 생길 수 있는 많은 문제점을 알고 있다. 이런 계획에는 이런 문제가 생길 수 있고, 저런 계획에는 저런 문제가 생길 수 있다는 지나친 신중함 때문에 일의 추진에 제동이 걸리고, 결국 일을 성사시키지 못한다. "모든 것을 너무나 잘 이해

067 Who understands too much,
seldom succeeds.

하는 사람은 성공할 수 없다."라는 서양 속담도, 지나친 지식은 행동에 제약이 된다는 것을 말해주고 있다.

실제로 경제학 석학들이 대기업 총수의 참모는 될 수 있지만, 총수가 되는 예는 드물다. 마찬가지로 정치학 박사가 최고 지도자의 참모는 될 수 있지만, 스스로 강력한 지도자가 되는 경우가 드물다. 이와 같은 예가 바로 "아는 게 병"이라는 속담을 의미하는 것 같다.

068 아니 땐 굴뚝에 연기 날까?

불과 연기의 관계는 원인과 결과라는 자연현상의 좋은 예로 자주 인용된다. 비슷한 예를 들자면, 홍수가 있었으면 강이 넘쳐흐르고, 가뭄이 있었으면 강이 말라붙었을 것이다. 역으로 해석해 보면, 넘치는 강을 보면 작년에 홍수가 있었다는 것을 알 수 있고, 말라붙은 강은 가뭄이 있었다는 것을 증명해 준다. 이처럼 자연의 세계에서는 원인과 결과의 관계를 정확하게 추리해 볼 수 있다는 뜻을 담은 속담이다.

이처럼, 불이 있으면 반드시 연기가 나게 마련이라는 자연의 법칙이, 사람 사는 세상에서는 근거 없는 소문을 "증명"하는 예로 오랜 세월 사용되어 왔다. 두 사람 중, 한쪽이 상대방을 향해서 명예를 손상하는 소문을 퍼트릴 때, 증거를 대라고 하면 바로 "아니 땐 굴뚝에 연기 안 난다."라는 말을 증거로 대는 때가 많았다. 세월이 흐르면

068 There's no smoke without fire.
No fire is without smoke, nor smoke without fire.

서 이 "증거"를 더 이상 써먹을 수 없는 세상이 되었다. 연기 없는 연탄과 천연가스의 등장 때문에 이제는 "아니 땐 굴뚝에서나, 땐 굴뚝"에서나 연기가 안 나는 세상이 되었기 때문이다. 연기가 난 것은 유죄의 증거이고, 연기가 나지 않은 것은 무죄라는 추측이 더 이상 통하지 않은 세상이 된 것이다.

069 아흔아홉 섬 가진 놈이
한 섬 가진 놈 것 뺏으려 한다.

옛날에는 일 년에 쌀을 몇 섬을 추수하느냐가 부의 척도였다. 아흔아홉 섬을 추수할 수 있는 사람이라면 먹고 사는데 아무 걱정 없는 부자인데도, 이웃에 사는 가난한 사람의 한 섬을 뺏으려 한다는 탐욕을 지적하는 속담이다.

21세기에서는 부(富)의 척도를 달러로 바꾸면 "99만 불 가진 놈이 1만불 가진 놈 것 뺏어서 백만불을 채우려 한다."고 비유할 수 있다. 사람의 욕심은 끝이 없고, 이 끝없는 욕심을 채우기 위해서 까마득한 옛날부터 사람들은 때로는 협동하고, 때로는 싸워가면서 부를 축적해 왔다. 사람들이 단지 먹고 살기만을 위해서라면, 오늘날 지구상의 대도시를 덮은 빌딩도, 편리한 문명의 혜택으로 풍요로운 생활도 불가능했을 것이다. 그만큼 욕심은 성취의 가장 기본적인 요소인 것이다.

그러나 양이 있으면 음이 있기 마련이다. 원시인을 문

069 The more a man has, the more he desires.

명인으로 바꾸는데 큰 동력이었던 욕심이, 부(富) 자체를 축적하려는 탐욕으로 바뀌면서 세상은 빈부의 차이가 걷잡을 수 없을 정도로 커졌다. 결국 "99대 1"의 부의 분배를 "100대 0"으로 바꾸려는 탐욕은 21세기 현재에도 한치의 양보도 없이 치열하게 진행되고 있다. 반면에 사람들의 탐욕이 사라져서 집집마다 식구들이 일 년 동안 먹고 살만한 10섬씩만 추수해서 사는 것에 만족하는 세상이 올 수 있을까? 대답은 아마 "No"일 것이다. 평등은 모든 사람들이 추구하는 이상에 불과하다는 생각을 해본다.

070 안될 놈은 뒤로 넘어져도 코가 깨진다.

　사람들이 넘어질 때, 뒤로 넘어지면 뒤통수가 깨지지만 얼굴 앞면은 상처입지 않는다. 이것이 자연의 이치이다. 그렇지만 이런 자연의 법칙에 어긋나는 일들이 사람 사는 세상에서는 자주 일어난다. 앞에서 소개한 "도둑을 맞으려면 개도 안 짖는다."(26)와 같은 뜻의 속담으로, 일의 성사는 사람의 의지나 능력에 상관없이 운수라는 것에 달려있다는 다분히 비관적인 운명론을 담고 있는 속담이다. "안될 가능성이 있는 일은 안 될 것"이고, "빵을 떨어뜨리면 버터 바른 쪽으로 떨어진다."는 서양 속담도 마찬가지로 부정적인 인생관을 담고 있다.

　이런 비관적인 인생관을 뒤집어 보면 어떨까? "될 놈은 엎어져도 코가 안 깨지고," "성사될 가능성이 있다면 성사될 것"이고, "빵을 떨어뜨렸을 때 버터 안 바른 쪽으로 떨어질 수도 있다."라는 낙천적인 인생관으로 바꾸면 어떨

070

He would fall on his back, and break his nose.
If anything can go wrong, it will.
The bread never falls but on its buttered side.

까? 그럴 경우, 살아가면서 받는 스트레스가 훨씬 줄어들 것이다. 인생만사를 부정적으로 보느냐, 긍정적으로 보느냐는 상반되는 입장이지만, 모든 일의 성패가 운수에 달렸다고 생각하는 점에서는 동일한 입장이다. 혹시 사태를 해석하는데 운명론에 의지하기보다는 냉정한 이성을 적용해 보면 어떨까? 뒤로 자빠졌는데 코가 깨지는 일이 계속되는 사람은 "고약한 운수" 때문이 아니고, 계속해서 잘못된 판단을 하는 능력 부족이라고 생각한다.

071 안방에 가면 시어머니 말이 옳고, 부엌에 가면 며느리 말이 옳다.

같은 사태나 사건에 대해서 두 명의 당사자 서술과 해명이 다른 것은 흔한 일이다. 더구나 두 명의 당사자가 전통가족의 고부관계처럼 상호 불신관계에 있는 경우에는 더욱 그렇다. 두 당사자 모두 분쟁 도중에 오고갔던 말이나 말투를 정확하게 기억하지 못할 수도 있다. 하지만 그보다는 언쟁의 내용을 과장, 축소, 생략해서 자신에게 유리한 얘기를 만들어 내려는 의도일 경우가 많다. "부엌에서 오고간 얘기는 응접실에까지 전달되면 안 된다."라는 서양 속담도, 일단 옮겨진 말은 정확한 전달이 되지 않을 위험이 있다라는 경고를 담고 있다.

장소를 집안에서 바깥세상으로 옮겨보자. 만약 같은 사건에 대한 두 당사자의 서술이 정확하게 일치한다면, 재판정에서는 증인도, 증거물도 필요 없을 뿐만 아니라 판결은 법에 따라 단시일 내에 끝날 것이다. 이 처럼 사건에 관

071 All that is said in the kitchen should not be heard in the hall.

련된 양쪽의 서술이 일치하는 경우는 실제 생활에서 거의 없기 때문에, 법정에는 재판이라는 지루한 과정이 계속되고 있는 것이다.

그렇다고 사적인 대화에서나 공적인 장소에서 오고 가는 말을 모두 기록할 수는 없다. 인간관계에서 대화 할 때에는, 특히 시어머니와 며느리 사이처럼 우호적인 관계가 아닐 때에는, 첫째 당사자들의 의식적인 말조심이 필요하다. 또 이 대화를 전해 듣는 제3자의 입장에서는, 대화의 내용을 가려서 듣는 지혜를 가져야만 두 당사자의 분쟁이 집안 전체로 확대되는 화를 피할 수 있다. 둘 다 실천이 어려운 권고이다.

072 암탉이 울면 집안이 망한다.

사람들이 가족을 이루고 살기 시작했을 때부터 남자들은 식구들을 먹여 살리고, 외부 침입으로부터 가족을 안전하게 보호하는 중대한 임무와 책임을 지녔다. 바깥세상에서 돈을 벌어 와서 가족의 생명과 안전을 보장해주는 책임을 맡은 가장은, 새벽 일찍 해가 떠오른다는 소식을 큰소리로 전해주는 수탉의 권위를 누리는 위치에 있다는 뜻이다. 이런 서열을 무시하고 집안에서 얌전하게 있어야 할 암탉이 새벽에 큰 소리로 운다는 것은 자연의 법칙에 어긋난다는 경고성 속담이다.

그런데 이 속담에서 경고한 대로, 실제로 암탉이 우는 예가 있었는가에 대해서는 의문이다. 그 옛날 한국에서는 여자가 시집가면 벙어리 3년, 귀머거리 3년, 장님 3년이라는 긴 세월을 죽은 목숨처럼 살아야 한다는 경고가 있었다. 이런 3중 핸디캡을 가진 여자가 어떻게 집안에서 큰

072 It is a sad house where the hen crows louder than the cock.

소리를 낼 수 있을까? 그러나 여자들 중에서도 능력 있고 현명한 여자들이 있었다. 이들이 혹시 남편을 무시할까봐 "네가 큰소리 내면 집안이 망할 수 있다는 극단적인 경고를 만들어 입 다물고 있으라."는 엄포성 의도를 담은 속담이 아닐까 하는 생각이 든다. "암탉이 수탉보다 큰소리로 우는 집안은 딱 한 집안이다."라는 서양 속담도, 집안에서 여자가 큰소리 내는 것을 부정적으로 보았다. 그렇지만 그 집안을 망하게 한다는 극단적인 경고는 아니다. 요즈음은 세상이 많이 변했고 계속 변하고 있다. 혹시 미국에서 결혼생활의 반이 이혼으로 끝난다는 통계가 수탉과 암탉 사이의 공고했던 서열에 균열이 생겨서일까 하는 의문을 품어본다.

073 양지가 음지 되고, 음지가 양지된다.

지금 누리고 있는 행복이 영원히 계속되는 것이 아니니까 오만하지 말고, 불행 역시 영원히 계속되는 것이 아니니까 절망하지 말라는 뜻을 품고 있는 속담이다. 이 속담은 지금까지 소개된 비관적, 운명론적 속담들에 비해서 다분히 긍정적인 인생관을 담고 있다.

음지와 양지가 바뀌는 경우를 자연의 세계와 사람 사는 세상이라는 두 가지 차원에서 살펴본다. 자연의 세계에서는 빙하가 녹아 바닷물이 되고, 다시 바닷물이 얼어서 빙하로 되는 데에는, 영원이라는 말로 밖에는 표현할 수 없는 수억 년이 걸릴 것이다.

사람 사는 세상으로 눈을 돌려보면, 음지와 양지의 변화는 훨씬 빨라질 수 있다. 50여 년 전 음지였던 서울 변두리 지역이 눈부신 현대도시로 변한 것을 보고, 음지가 양지가 된 예를 보고 감탄했던 기억이 난다.

073 He that falls may rise tomorrow.

개인의 위치에서 보면, 양지와 음지가 바뀌는 경우는 며칠 내에 일어날 수도 있고, 또는 몇 달 내지 몇 년 만에 일어날 수도 있다. 오늘 권력의 정상이라는 양지에서 큰소리치던 사람이 내일 감옥이라는 험한 음지로 갈 수 있고, 그 반대의 경우도 있는 것을 볼 수 있다. "지금 넘어진 사람은 내일 일어날지도 모른다."라는 영어 속담에서 확신을 표시한 (can) 대신, 가능성을 표시한 "may"를 사용한 것이 흥미롭다.

074 어린애 매도 많이 맞으면 아프다.

철없는 어린애가 떼를 쓰다가 어른을 밀치거나 손바닥으로 때리는 짓을 할 수 있다. 이럴 때에 어른이 귀여운 재롱으로 여기고 아무 제재도 하지 않으면, 이 아이는 아마 같은 행동을 계속할 것이다. 처음에는 아무렇지 않았던 어린애의 매가 계속 반복되면, 언젠가는 아프다고 느껴질 때가 올 것이라는 경고이다.

어린애가 어른을 때린다는 예는, 신체적인 매에 한정된 것이 아니다. 세 살짜리 아이가 어른에게 버릇없는 말을 했을 때, 귀엽다고 그대로 두면 이 버릇이 반복, 계속되면서 결과적으로 어른에 대한 존경심은 사라지고 대신 무례와 무시, 언어폭력이라는 아픈 "매"로 자랄 수 있다. "힘없는 암탉이지만 계속 쪼아 대면 목숨을 잃을 수도 있다."는 서양 속담도, 약하고 보잘 것 없다고 무시했던 상대방의 지속적인 공격에는 무너질 수밖에 없다는 사실을 지적

074 One had as good be pecked to death by a hen.

하고 있다.

이 속담을 사회적 차원으로 적용해본다. 큰일이 아니라고 방심하고 있는 사이에 사소한 문제들이 누적되면서 수십 년 후에 걷잡을 수 없는 파괴적 세력으로 자랄 수 있다는 것이다. 청소년들이 무료한 시간을 채우기 위해 오락으로 시작한 마약 사용이 반복되면서, 어떤 지역에서는 청소년 사망의 큰 원인이 되는 경우가 바로 그 예이다. 아무리 시초에는 사소한 문제로 보이지만, 좋지 못한 버릇은 적시에 고쳐 주지 않으면 큰 화로 이어질 수 있다는 경고를 담고 있다.

075 열길 물속은 알아도 한길 사람 속은 모른다.

열길이나 되는 깊은 물속은 들여다 볼 수 있는데, 한 길밖에 안 되는 짧은 길이의 사람 마음속은 알 수 없다는 모순을 가리키는 말이다. "깊은 바닷속은 측정할 수 있는데, 사람 마음속은 알 수 없다."라는 영어 속담도 같은 뜻이다.

오랜 세월 험악한 환경에서 살아남으려면 이웃들과 상호이해와 협동이, 개인은 물론 전체 생존에 필수적인 요건일 것이다. 그렇지만 사람들의 마음속에는 본능적으로 의심, 증오, 질투, 탐욕 같은 이기적인 속성이 공존하고 있어서 공동체의 안전보다 자신의 욕심을 앞세우려는 성향이 있다. 만약 서로의 마음속을 들여다 볼 수 있다면, 사람들은 모든 다른 사람들이 자신의 생존을 위협하는 적으로 생각될 수 있었을 것이다. 결과적으로 인류는 영원한 갈등과 전쟁에서 벗어날 수 없었을 것이다. 오늘날의 문명은

075 The deep sea can be fathomed, but who know the heart of men?

"한길 사람 속을 모르는" 자연의 섭리 때문에 오랜 세월 협동과 공생이 가능했다는 이론이 설득력을 가질 수 있는 이유이다.

076 열 놈이 지켜도 도둑 한 놈 못 잡는다.

　실제로 열 놈이 지켜도 한 놈 도둑을 못 당하는 일이 있을까? 정상적인 조건에서는 있을 수 없겠지만 예외의 경우는 다르다. 열 놈이 지켰지만 열 놈 모두 술에 취했거나 노름에 빠져 있을 경우에는 한 놈이 들어와서 도둑질을 해도 모르고 지날 수 있다.

　그러나 이 속담은 이같이 있을 수 있는 단순한 사실을 말하는 것이라기보다는 세상살이에는 사람의 힘이 닿지 않는 어떤 힘이나 존재가 있어서, 일상적인 상식으로 이해하기 어려운 일이 일어날 수 있다는 것을 말하고 있다. 앞에서 소개한 "도둑을 맞으려면 개도 안 짖는다."[26] "안 될 놈은 뒤로 넘어져도 코가 깨진다."[70]와 같은 의미를 담은 속담들이다.

　그렇지만 살아가면서 모든 실패와 성공을 내 힘밖에 있는 운명 때문이라는 체념적인 태도로 살아가는 것은 바

076   If things can go wrong, they will.

람직한 인생관은 아니다. 실패를 겪고 난후, "나는 어차피 운이 없는 사람이니까 다시 일을 시도할 필요도 없어."라고 포기하는 대신, 한두 번의 실패에 포기하지 않고 "이제 알았어. 이렇게 해도 안 되고 저렇게 해도 안 되었으니까 이제는 제삼의 방법을 시도해보자."라고 용기를 잃지 않고 계속 시도하는 것이 험한 세상을 살아가는 슬기로운 태도일 수 있다. 운세 또는 운명이 있다는 것을 부인하기 어렵지만 개인 의지의 힘 또한 무시할 수 없으니까, 이 속담에 담긴 뜻을 무조건 받아드릴 수는 없다고 생각한다.

077 열두 가지 재주 가진 놈이 저녁거리가 없다.

　"열두 가지 재주 가진 놈"의 재주들을 대강 짐작해 보았다. 말솜씨 좋고, 사람들 잘 웃기고, 부엌이나 화장실에서 물새는 것, 아이들 장난감이나 고장 난 경보장치 등을 잘 고칠 뿐만 아니라, 집 밖에 기울어진 담벽을 다시 세우고, 이웃집 노인의 전화, TV, 컴퓨터, 핸드폰에 관련된 간단한 문제 해결도 잘 해준다. 또한 의료시설이 미비한 벽촌에서는 낙상을 했거나, 급체한 사람들을 응급조치 해주는 재주도 있다.

　이런 여러 가지 재주를 가진 사람이 저녁거리가 없다는 것은, 본인에게 딱한 노릇일 뿐 아니라 제3자들에게는 이해하기 어려운 일이다. "여러 가지 재주 있는 사람이 일요일에 빵을 구걸해 먹는다." "솜씨 좋은 일꾼들이 부자가 되는 일은 드물다."라는 서양 속담도 같은 내용이다.

　대체로 열두 가지 재주가 있는 사람들은 모든 일에 호

077 A man of many trades, begs his bread on Sunday.
Good workmen are seldom rich.

기심과 흥미를 가지고 있어서 이것저것 시도해보고 아마추어 수준까지 올라왔지만, 보수 받을 정도의 수준은 못되었기 때문이다. 하지만 이런 '다재다능'한 사람이 저녁거리가 없는 가장 근본적인 이유는, 소위 '사람이 좋아서' 자기재주를 돈과 연결하는 영악한 면이 없기 때문이다. 또다른 원인은, 쉽고 사소한 문제라도 일단 시간 들여 도움을 주었으면 보수 받는 것이 당연하다는 근대 사회의 질서가 아직 뿌리내리지 않았기 때문이다. 이 "열두 가지 재주가진 놈"이 한 가지 더 갖추어야 할 재주는 재주와 보수를 연결시켜서 하루세끼 걱정을 안 하는 "열세가지 재주 가진 놈"으로 되어야 할 것이다.

078 열 번 찍어 안 넘어가는 나무 없다.

　　아무리 견고하고 강인한 생명체 또는 물체라도 외부로부터 가해지는 끈질긴 공격에는 무너지게 마련이라는 사실을 "열 번 찍으면 안 넘어 갈수 없는 나무"에 비유하고 있다. 이 책에 소개된 속담들 중에서도 비유의 방향이나 표현이 똑같지는 않지만 내용은 비슷한 것들이 있다. "천리길도 한걸음부터"(99) "티끌 모아 태산이다."(104)라는 두 속담들과, 이 책에는 소개되지 않은 "서당 개 3년이면 풍월을 읊는다."라는 속담도, 지속적인 노력은 불가능하게 보이는 것을 가능하게 할 수 있다는 긍정의 힘을 강조하는 속담이다. "계속 찍으면 거대한 참나무도 넘어뜨린다." "계속 떨어지는 물방울이 바위를 부서지게 한다."라는 서양 속담 모두 오랜 세월 끈질긴 노력의 결과를 보여주는 속담들이다.

　　한편, 이 같은 긍정적인 인생관에 대조적으로 수동적

> **078**
> Many strokes fell great oaks.
> By repeated blows, even the oak is felled.
> Constant dropping wears away a stone.

인 뜻을 품은 속담들도 있다. 이 책에서 소개된 속담만 해도 "갈수록 태산이다."[6] "누울 자리 보고 다리 뻗는다."[23] "안될 놈은 뒤로 넘어져도 코가 깨진다."[70] "오르지 못할 나무는 쳐다보지도 마라."[81] 등이 있다. 이러한 속담들은 직접·간접으로 불가능하게 보이는 일에는 도전하는 대신 적응하라는 권고를 담고 있다. 어떤 인생관을 따라 사는 것이 옳은지는 각자의 선택이다.

079 열손가락 깨물어 안 아픈 손가락 없다.

자식에 대한 사랑은 모든 생물의 본능이다. 사람도 예외가 아니기 때문에 다른 여러 나라에도 비슷한 뜻의 속담이 있을 것이다. 자녀가 한 명이든 열 명이든 차별 없이 모두를 사랑한다는 것을 열손가락 깨물 때 똑같이 아프다는 것으로 비유한 것이다. 다자녀 가정의 부모들에게 물어 보면, 이 속담대로 자녀들을 모두 차별 없이 사랑한다는 말이 나올 것이다.

하지만 실제로, 열 자녀를 모두 똑같이 사랑할 수는 있어도 깨물었을 때의 아픔의 정도는 조금씩 다르지 않을까? 글자 그대로 한집에 10자녀가 있을 경우, 그 중에서 몸이 약해 특별한 보호를 받아야 하는 경우나, 또는 집안의 기둥인 장남에게 품고 있는 특별한 관심 때문에, 이들을 "깨물었을 때"에는 더 아프게 느껴질 수도 있다.

뉴스에서 읽은 얘기다. 중동지역의 어느 전쟁 포로수

079 No matter which finger you bite it will hurt. (Russian)

용소에서 한 젊은 엄마가 6세의 딸과 3세의 아들과 함께 포로로 잡혀있었다. 마침 정부의 사면으로 이 가족은 석방을 앞두고 있었는데 한가지 조건이 있었다. 두 아이 중에서 한 명만 데리고 나갈 수 있다는 것이었다. 울며불며 애원해도 아무소용이 없자, 이 엄마는 소리 지르고 우는 딸을 뒤에 두고, 이를 악물고 3살짜리 아들을 데리고 바깥세상으로 나갔다. 열손가락 중에서 한손가락을 깨무는 정도를 지나서 아주 포기해야한다는 것은 부모에게는 최악의 고통이 아닐 수 없다.

080 염불에는 마음이 없고, 잿밥에만 마음 있다.

　　스님들이 부처님 앞에서 불경을 읽고, 염불을 하면서 도를 닦는 것 외에, 신도들을 위해서 염불을 해주는 경우가 많다. 스님들 중에는 이런 본분을 잊고 염불이라는 중요한 의식보다는 잿밥, 즉 신도가 바치는 시주의 크기에 더 관심을 두는 경우가 있다는 것을 지적하는 말이다.

　　천주교에서도 신도들을 위해 미사를 드리는 경우 "페니가 없으면 기도도 없다."라는 말로 헌금을 요구하는 경우가 있었다. 신도들로부터 받는 "잿밥"이나 "penny"는 어려운 신도들을 돕거나, 선교 활동을 하거나, 사찰이나 교회 건물을 짓고 유지하는데 필요한 자금이었을 것이다.

　　그러나 유감스럽게도 역사를 되돌아보면, 성직자들 중 개인적으로 부를 쌓고 있는 경우가 있었던 것도 사실이다. 속세로 돌아와 보면, 이 속담에 담긴 경고는 더욱 확연해진다. 본연의 임무에 최선을 다하겠다는 서약을 하고 공

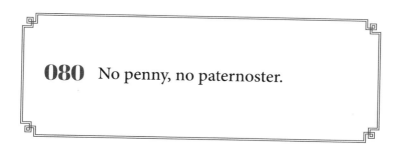

080 No penny, no paternoster.

직에 들어선 많은 인재들이 사실은 "잿밥"이나 "penny"에
만 관심을 두고 비윤리적 행위를 하는 경우가 넘쳐나는 것
이 현실이다.

081 오르지 못할 나무는 쳐다보지도 마라.

다분히 운명론적 인생관을 담고 있는 속담으로, 지금까지 소개한 속담 중에서도 비슷한 내용을 가진 것이 여러 개 있다. "뱁새가 황새 따라가려면 가랑이가 찢어진다."(47) "도둑을 맞으려면 개도 안 짖는다."(26) "안될 놈은 뒤로 넘어져도 코가 깨진다."(70) "열 놈이 지켜도 도둑 한 놈 못 잡는다."(76) 등 모두 사람의 능력 바깥에 있는 일이 많다는 것을 지적하고 있다.

이미 정해져있는 운명에 도전하는 어리석은 시도는 하지 말라는 뜻을 담고 있는 속담들이다. 이는 오랜 세월 수많은 사람들의 공통적인 체험을 통해서 도달한 결론일 것이다. "할 수 있는 일만 시도해라." "우리 힘으로 할 수 없는 일은 생각할 필요도 없다."라는 서양 속담도, 마찬가지로 분수를 알아서 못할 일은 시도하지 말라는 교훈을 주고 있다. 하지만 이들 권고가 100퍼센트 가까운 정확성을 가진 판단은 아니라는 것이 증명된 사실이 있다. 오랜 세월 "오르지 못할 나무"의 상징이었던 하늘의 달과 별에 드디어 사람이 발을 딛게 된 것이 그 예이다.

그렇지만 이 같은 과학의 눈부신 발달에도 불구하고, 아직도 사람의 힘으로 영원히 "오르지 못할 나무"는 많다. 삶과 죽음, 시간의 흐름이 바로 우리 사람의 힘으로 좌우할 수 없는 "오르지 못할 나무들"의 좋은 예들이다.

082 옷이 날개다.

옷차림은 사람을 처음 대면했을 때, 첫인상과 함께 출신배경, 사회적 위상 등을 짐작할 수 있는 중요한 표시이다. "열길 물속은 알아도 한길 사람 속은 모른다."[75]라는 속담대로 서로의 속을 들여다 볼 수 없으니까, 우선 겉모양을 보고 짐작할 수밖에 없다. 옛날에는 옷의 등급을 매기는 것이 어렵지 않았다. 지금처럼 옷을 만드는 재료도 다양하지 않았고, 옷의 디자인, 상표도 개발, 세분되지 않았기 때문이다. 그래서 비단옷을 입은 사람은 돈과 사회적 지위를 갖춘 사람일 것이고, 무명옷을 입은 사람은 반대로 넉넉지 못한 계층의 사람이라고 짐작할 수 있었다. "옷이 사람을 만든다." "말쑥한 코트는 좋은 소개서"라는 서양 속담도, 옷을 잘 입은 것이 호감 있는 첫인상이 될 수 있다는 것을 말해주고 있다.

그런데 요즈음은 옷차림을 보고 사람의 첫인상이 좌

082
Clothes makes the man.
Apparel makes the man.
A smart coat is a good letter of
introduction.

우하는 것은 더 이상 쉽지 않게 되었다. 그 이유로, 첫 번째
는 풍요로운 시대에 들어서면서 옷감의 종류, 등급은 물론
이고, 옷을 디자인하고 제작하는 과정도 수없이 다양하고
복잡해진 것이다. 두 번째는 어떤 옷을 입느냐에 대한 사
람들의 취향이 예전과 많이 달라졌기 때문이다. 특별한 경
우가 아닌 이상 평상시에는 부자나 가난한 사람이나, 남자
나 여자나, 청바지에 티셔츠 같은 "casual"한 옷을 입는 것
이 보편화되었다. 물론 예외는 있지만 옷만을 보고 사람에
대한 평가를 하는 것은 섬유전문가나 디자이너들이 아닌
이상, 더 이상 정확한 판단의 수단은 되기 힘든 세상이다.

083 우는 아이 젖 준다.

우리 삶에서 많은 사람들이 직·간접으로 경험하는 현상이다. 요즈음의 엄마들은 젖 주는 시간을 미리 정해놓고 애가 울지도 않는데 젖을 먹이는 경우가 많지만, 대부분의 옛날 엄마들은 하루 종일 서서 일을 해야 했기 때문에 애가 울어야 비로소 앉아서 애에게 젖을 먹일 수 있었다. 서양 속담에서 "바퀴가 삐걱거리는 소리가 나야 비로소 기름을 쳐주게 된다."는 이치와 같다.

교사로, 상담교사로 오랜 세월을 학생들과 함께 보낸 나의 경험을 통해서 이 속담의 뜻을 실감했던 예를 소개한다. 매년 대학진학을 앞둔 시기에, 나에게 추천서를 부탁한 학생들 중, A그룹과 B그룹의 학생들의 차이를 들어본다. 추천서를 쓰려면 다른 교사들의 의견을 비롯한 여러 가지 정보도 필요해서 시간이 좀 걸린다. 추천서 부탁을 한 후, A그룹 학생은 기회 있는 대로 또는 기회를 만들어서

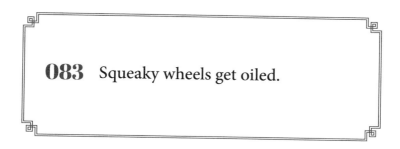

083 Squeaky wheels get oiled.

나에게 도움이 될 자료를 가져 오면서 추천서 마감 날짜를 상기시켰다. 이와는 대조적으로 B그룹에 속한 학생들은 추천서 부탁을 하고나서 마감일까지 한번도 만난 적이 없었다.

결과적으로, A그룹의 학생들에게는 마감일을 놓치지 않도록 신경 써서 추천서를 준비한다. 이와는 대조적으로 추천서 부탁 후, 한번도 접촉이 없는 B그룹의 학생들은 유리한 추가 정보를 써넣을 수 있는 기회를 놓치게 된다. "울지 않는 아이"나 "소리를 내지 않는 바퀴"는 젖 먹는 것도, 윤활유를 얻는 것도 뒷전에서 기다려야 하는 불이익을 당할 수 있다는 상황을 지적해주는 속담이다.

084 원숭이도 나무에서 떨어질 때가 있다.

　　정글 속에서 원숭이가 이 나무에서 저 나무로 날렵하게 나르듯이 뛰어다니는 모습을 영화에서 또는 실제로 본 사람들이 많을 것이다. 그만큼 나무는 원숭이의 집이며, 운동장이지만, 그렇게 친숙한 환경에서도 가끔 원숭이가 떨어지는 경우가 있다. 아무리 출중한 재능을 가진 사람이라도, 실수 없는 삶을 살아갈 수는 없다는 뜻이다. "호머도 때로는 고개를 끄덕인다."라는 유명한 언급을 예로 들어본다. 서양문명에서 최초, 최고의 시인으로 숭배를 받고 있는 시인인 호머도, 때로는 작품에서 오류를 저지르는 "실수"를 저지르고 이 오류를 지적하는 사람에게 고개를 끄덕였다는 말이다.

　　실제로 살아가면서, 평소에 똑똑하고 유능하다는 평판을 받은 사람들이, 법적으로나 윤리적으로 문제가 될 만한 실수를 저지르는 것을 보는 일이 드물지 않다. 완벽한

084 Even Homer sometimes nods.

사람은 없기 때문에, 재주 있고 능력 있는 사람들이라도, 원숭이가 나무에서 떨어지는 것 같은 실수를 전혀 안하고 살기는 어려울 것이다. 평소에 말조심하고 처신을 신중하게 하면 "원숭이가 나무에서 떨어지는"식의 실수를 줄일 수는 있다는 경고성 가르침을 담고 있는 속담이다.

085 이불속에서 활개친다.

"활개치다"를 국어사전에서 찾아보니 "의기양양해 제 세상처럼 함부로 날뛴다."라고 나와 있다. 약간의 부정적인 느낌이 들어있는 해석이다. "수탉도, 개도 익숙한 자기 집에서는 "영웅"이지만 밖에 나가면 "겁쟁이"로 변한다는 서양 속담도 같은 뜻인데, 약간의 유머가 섞여있다는 느낌을 준다.

이 속담들 모두 익숙하거나 편안한 환경에서는 잘난 척하지만, 서투른 곳에서는 겁쟁이가 되는 사람들에 대한 악의 없는 놀림을 담고 있다. 문제는 이불속에서 "활개치는" 사람들이 책임지는 자리에 앉게 되는 경우이다. 평소에 모르는 것이 없고, 못하는 것이 없는, 만능박사로 행세하던 사람이 집에서나 동네에서 급히 해결해야할 일이 닥치면, 제일 먼저 이불속으로 숨어버릴 수 있기 때문이다.

이런 현상을 국가적 차원으로 올려 보면, 더 큰일이

085 At home a hero, abroad a coward.
Every cock will crow upon his own dunghill.
Every dog is valiant at his own door.

일어날 수 있다. 외부의 적이 감히 쳐들어 올 수 없도록 철저한 방위시설을 해놓았다고 국민들에게 큰소리치던 지도자들이, 막상 적이 쳐들어오면 제일 먼저 해외로 도망가는 경우를 상상해 볼 수 있다. 위험한 시대에는 물론이고, 평화스러운 시대에도 큰소리 치는 버릇이 있는 사람을 그대로 믿지 말라는 경고를 담고 있는 속담이다.

086 인색한 부자가 손 큰 가난뱅이보다 낫다.

살아가면서 이웃을 돕거나 공공사업에 기부해야 할 경우가 생긴다. 이럴 경우 가난한 사람은 마음은 있어도 1불밖에 못 내놓는 반면, 평소에 1불을 아낄 정도로 인색한 부자는 가난한 사람이 내는 액수의 열배, 스무 배를 내놓는다는 것을 지적한 얘기이다. 자라면서 내가 할머니로부터 들었던 "있는 놈의 다라움이 없는 놈의 헐두름보다 낫다."라는 좀더 순수한 우리말 표현도 같은 현상을 가리키는 말이다.

이 속담의 뜻을 현실에 적용해 본 예를 들어본다. 어느 교육기관에서 장학재단을 설립하고 동창생들을 상대로 대대적인 모금운동을 시작했다. 미국 내 연락이 닿는 5백여 명의 동창생들에게 최소 100불의 기부를 요청하는 편지를 보냈다. 이때 새로 들어온 이사 한사람이 새로운 아이디어를 냈다. 동창생 전원이 100불씩 낸다고 가정을 해

086 The hard gives more than he who has nothing.

도 겨우 5만 불밖에 안되는데, 500명 중 부자 10명을 뽑아서 5천불 내지 1만 불씩 기부금을 요청하면 더 큰 액수를 걷을 수 있다는 가능성을 제시했다. 기밀사항이라 알수 없었지만 "인색한 부자"의 손 큰 기부 아이디어가 실패한 것은 아니라는 얘기를 들었다. 살아가면서 흔히 들었던 "광에서 인심난다."라는 말도 넉넉하면 인심이 후해질 수 있다는 자연스러운 현상을 말해주고 있다.

087 입에 쓴 약이 병에는 좋다.

약의 원료가 되는 약초는 대부분이 쓰다. 감초를 넣어서 다려먹으면 원래의 쓴맛을 완화시킬 수는 있어도 아주 없앨 수는 없다. 내가 어렸을 때 먹었던 한약은 항상 써서 먹기 힘들었던 기억이 난다. 그렇지만 병이 났을 때에는 누구나 삼키기 어려운 쓴 약을 먹을 수밖에 없었다. 약은 쓰지만 병을 고치는 효력이 있으니까 선택의 여지가 없었다. 세 개의 서양 속담들 모두, 한국 속담에서 사용하는 단어와 같은 단어를 쓰고 있어서 한쪽에서 시작된 속담이 문자 그대로 다른 쪽으로 전달된 것인지, 또는 우연의 일치로 자생된 속담들인지 확인하기 어려운 예들의 하나이다.

이 속담을 사람들의 삶에 적용해보면, 살아가면서 겪는 수많은 도전, 좌절, 실망 등이 쓴 약의 역할을 했다는 비유이다. 이런 모든 어려움이 당장은 받아드리기 힘들지만, 일단 극복하고 나면 앞으로 닥칠 어려움을 상대적으로 쉽

게 극복할 수 있는 용기를 얻게 되었다는 "쓴 약"의 역할
을 했기 때문이다. 또 다른 형태의 "입에 쓴 약"으로 주위
사람들로부터 받는 충고나 훈계를 들 수 있다. 이런 외부
로부터의 간섭을 받을 때에는 반갑지 않을 뿐 아니라 심할
경우에는 불쾌감이나 적대감을 느낄 경우도 있다. 그러나
시간이 지나면서 이런 외부인들의 충고와 간섭이 자기를
위해서 "쓴 약"의 역할을 했다는 것을 깨달을 것이다.

088 자라 보고 놀란 가슴
솥뚜껑 보고 놀란다.

　자라의 목은 몸통에 비해 작기 때문에 가까이 가서 보기 전에는, 자라는 큼직한 솥뚜껑처럼 보이기 쉽다. 무심코 자라 가까이 갔다가 목이 쑥 나오는 것을 보고 기겁을 하고 놀란 적이 있는 사람은, 큼직한 솥뚜껑만 보면 자라로 착각하고 놀란다는 얘기이다. "뱀에게 한번 물렸던 사람은 밧줄만 보고도 놀란다." "숲속 덫에 걸렸던 새는 모든 숲을 무서워한다."라는 서양 속담도 같은 얘기이다.

　어린 나이에 정신적으로 큰 상처나 충격을 받았던 사람들은 성인이 된 후에도 그 비슷한 상황을 만나면 수십 년 전에 있었던 트라우마가, 즉시 재생되는 고통을 경험한다. 전쟁 중 적군의 급습으로 가족 중의 한 명이 납치당하는 경우나, 본인이 포로로 잡혔다가 구사일생으로 살아남은 끔찍한 경험을 한 사람들은 그 당시 적군이 입었던 군복 비슷한 것을 보면, 즉시 가슴이 떨리는 충격을 받을 수

088 He that has been bitten by a serpent is afraid of a rope.
Birds once snared fear all bushes.

있다.

유감스럽게도 세상에는 수많은 자연 재해뿐만 아니라 사람들이 일으키는 크고 작은 분쟁과 전쟁이 계속 중이다. 이런 위험 속에서 살고 있는 사람들은 비록 목숨은 부지하고 있지만 정신적, 육체적인 충격은 좀처럼 아물지 않는다. "솥뚜껑 보고 놀라는 일"을 겪는 사람들의 숫자도 좀처럼 줄어들 것 같지 않다.

089 자랑 끝에 불붙는다.

여러 사람들과 함께 있는 자리에서, 흔히 자신에 대한 자랑부터 시작해서 자식자랑, 집안자랑, 학벌자랑, 재산자랑, 직업자랑 등으로 화제를 독점하려는 사람들이 있다. 하지만 이렇게 세상의 행운을 다 누리고 사는 듯한 사람들에게도 불운이 닥칠 수가 있으니, 바로 이 속담대로 자랑 끝에 불이 붙는 경우이다. "자기 행복을 자랑하는 사람은 슬픔을 자초한다."라는 서양 속담도, 마찬가지로 자기자랑에 대한 경고를 담고 있다.

자랑 중에서 제일 흔한 자랑이 자식자랑이다. 유치원에 다니는 자녀가 고학년 수준의 산수 문제를 척척 풀 수 있는 수재라고 자랑하는 부모들을 만날 때가 더러 있다. 이 자랑스러운 자녀가 초등학교 고학년이 되어 여러 다른 "수재"들과 경쟁하게 되면서, 어느 시점에서 수재인 자기 아이가 옆집의 보통 아이와 큰 차이 없는 학생이라는 것을

089 He that talks much of his happiness, summons grief.

알게 되는 경우가 있다. 자랑 끝에 체면손상이라는 "불"이 붙은 셈이다.

이보다 더 "큰 자랑 끝에는 더 큰불"이라는 재난이 따를 수 있다. 어느 자리에서나 기회만 있으면 직·간접으로 재산자랑을 하는 분들 중에서 파산이라는 불명예를 안게 되는 예는 드물지 않다. 아이들이 '우리 집에 금송아지 매어놓았다'고 자랑을 하는 경우는 귀엽게 보아 줄 수 있지만, 나이 들고 세상 경험을 한 어른들이 이런 류의 자랑을 하는 것은 삼가야 한다는 경고를 담고 있는 속담이다.

090 자빠져도 코가 깨진다.

이 속담과 비슷한 운명주의적 인생관을 담은 속담 몇 개를 앞에서 소개하였다. "도둑을 맞으려면 개도 안 짖는다."[26] "안될 놈은 뒤로 넘어져도 코가 깨진다."[70] "열 놈이 지켜도 도둑 한 놈 못 잡는다."[76] "오르지 못할 나무는 쳐다보지도 마라."[81] 등이, 모두 살아가면서 사람의 힘으로 조종할 수 없는 일들이 있다는 것을 말해주는 속담이다.

이런 불운을 삶의 일부나 운명으로 받아 드리라는 소극적 인생관을 담고 있는 것[26, 70, 76] 등이 있다. 이와는 약간 정도를 높여서 힘에 벅차 보이는 일은 일찍 감치 포기하라는 권고를 담은 것도 있다.[81] 이들 속담 모두 많은 사람들이 직·간접으로 겪어 왔던 체험에서 생성된 권고이다. 그렇지만 불가능하게 보이는 일은 아예 시도도 하지 말라는 권고를 그대로 따랐더라면, 지금 어떤 세상이 되었을까? 비행기, 전화, TV, 컴퓨터와 같은 현대 문명도 이루

090 He would fall on his back and
break his nose.
The spot always falls on the best cloth.

지 못했고, 뇌수술, 심장수술 같은 생명을 구하는 현대 의
학도 존재하지 못했을 것이다.

　유명한 과학자 토마스 에디슨의 체험에서 나온 철학
을 되새겨 본다. "천재란 1퍼센트의 영감(Inspiration)과 99
퍼센트의 땀(Perspiration)으로 이루어진 결과"라는 주장이
다. 인생살이에서 마주치는 수많은 굴곡과 성패를, 100퍼
센트 맞게 설명해주거나 예고 해주는 조언은 없을 뿐 아니
라 기대할 수도 없다는 결론을 내릴 수 있다.

091 작은 고추가 더 맵다.

　　실제로 작은 고추가 큰 고추보다 더 매운 경우가 많다. 멕시코산 고추인 할라페뇨와 큰 고추인 세라노를 먹어본 사람은 아마, 작은 할라페뇨가 큰 세라노보다 훨씬 맵다는 것을 알 것이다. 영어 속담 중에 "작은 몸집 안에 위대한 정신이 들어있다.""가장 작은 물고기가 가장 재빨리 미끼를 문다.""빨간 고추가 작지만 맵다."라는 속담들 모두 크기가 작은 것에 대한 편견을 경계하는 의미를 품고 있다.

　　한국에서도 "키 크고 싱겁지 않은 사람 없다."라는 속담이 있는 것을 보면, 상대적으로 키 작은 사람은 "싱겁지 않다."라는 뜻으로 받아드릴 수 있다. 키 작은 사람은 싱겁지 않기 때문에 매사에 야무지고, 머리가 재빨리 돌아간다는 연장해석을 내릴 수 있다. 작은 키라는 불리한 점을 보상하려고 키 작은 사람들이 더 열심히 노력하기 때문이라

091　A little body often harbors a great soul.
The smallest fishes bite the fastest.
The red peppers, though small, is hot.

는 설명을 낼 수도 있다.

　그럼에도 불구하고 사람들은 대체로 키 큰 것을 선호한다. 특히 요즈음처럼 용모가 사회생활에서 중요한 역할을 하는 세상에서는 더욱 그렇다. 미국 대통령선거에서 훌륭한 자격을 갖춘 두 명의 후보가 출마했을 때, 둘 중에서 키 큰 사람이 당선된다는 기록이 있는 것을 보아도 큰 키의 이점을 무시할 수 없다. 한편 키의 크고 작음은 사람의 성품이나 능력과는 아무 상관없다는 것도 널리 알려진 사실이다.

092 제 눈에 안경이다.

사람마다 자기에 맞는 안경으로 세상을 보기 때문에 A가 아름답다고 여기는 것이 B의 눈에는 아름답게 보이지 않을 수 있다. "아름다움은 보는 사람의 눈에 있다."라는 서양 속담도, 아름답다는 인식이 객관적이기보다는 주관적이라는 것을 말해주고 있다. 아마 많은 사람들이 이 속담의 뜻에 공감을 느낀 경험이 있을 것이다. 여러 좋은 조건을 갖춘 신랑감이 누가 보기에도 예쁘지 않은 여자와 사랑에 빠질 수도 있고, 반대로 빼어난 미인이 인물도 없고 기타 내세울 것도 없는 남자와 결혼하는 경우도 있다.

이 같은 예들이 있음에도 불구하고 객관적인 미의 기준이 있다는 것을 부인할 수 없다. 옛날부터 왕들을 비롯해서, 부와 군력을 가진 사람들이 주위에 거느리는 여자들을 보아도 못생긴 여자들보다는 미인이 많았다. 또 근세에 들어서서 사진, 영화, TV 등에서 많은 사람들의 얼굴을 볼

092 Beauty is in the eye of the beholder.

수 있는데, 못생긴 사람들보다는 잘생긴 사람들의 인기가 높다.

별 볼일 없는 인물을 미남·미녀로 착각하는 경우는, 대체로 "보는 사람"과 "보이는 대상"이 가족이나 연인처럼 사랑하는 사람들 사이에서이다. 가족의 경우는 함께 살면서 친숙함과 애정에서 형성된 편견일 수 있고, 연인들 사이에서는 남들이 이해할 수 없는 눈먼 화학작용이, 이런 착각의 원인일 수도 있다. 미남·미녀보다는 평범한 용모의 사람들이 더 많은 세상에서 "제 눈에 안경"현상은 다행스러운 일이다.

093 죽은 정승이 산 개만 못하다.

　삶에 대한 애착과 죽음에 대한 공포는 생명이 있는 모든 존재들의 DNA에 깊이 새겨진 본능인 듯하다. 무서운 자연재해, 생명을 위협하는 맹수들의 공격, 사람들끼리 서로 살육하는 싸움을 겪으면서 수십만 년 동안 존속해온 것이, 바로 삶에 대한 집착과 죽음에 대한 공포였을 것이다. "죽은 황제보다 산 거지가 낫다." "살아있는 토끼가 죽은 사자보다 낫다."라는 서양 속담도, 인간의 생명 집착을 설명하는 예들이다.

　셰익스피어의 희곡《햄릿》에서는 주인공 햄릿이, 사람들이 모진 세파에 시달리면서도 왜 고생투성이의 삶을 계속하고 있는지에 대한 이유를 긴 독백을 통해 설명하고 있다. 열거된 이유 중에서 몇 개를 들어보면 "삶에서 마주치는 수많은 고초, 부패한 정권의 횡포, 오만한 자들의 욕설, 실연의 아픔, 관리들의 지지부진한 일처리, 되먹지 못

093 Better a living beggar than a dead emperor.
A living rabbit is better than a dead lion.

한 사람들로부터 받는 수모" 등이 있다. 이처럼 괴로운 세상을 단도(刀) 한 개로 떠날 수 있는 간단한 방법이 있는데도 불구하고 목숨을 부지하는 이유는, "이 세상을 떠난 사람들 중, 한 명도 되돌아오지 않았던 미지의 세상에 대한 공포" 때문이라고 고백하고 있다.

한편, 어느 날 악의에 찬 마술사가 나타나서 "죽은 정승과 산 개" 혹은 "죽은 황제와 산 거지" 중 하나를 택하라는 강요를 받는다면 사람들은 과연 어떤 것을 택할까? 정답은 "산 정승, 산 거지"이다.

094 지렁이도 밟으면 꿈틀한다.

　땅 밑에서나 땅위에 붙어서 사는 지렁이, 달팽이, 벌레들 모두 동물 세계의 서열에서 제일 밑바닥에 속하는 생명체들이다. 이런 미물이라도 생존본능을 가지고 있기 때문에 어쩌다가 사람의 발에 밟히게 되면 "꿈틀한다"는 반사적인 반응이 나온다. "달팽이를 밟으면 뿔이 솟아나온다." "벌레를 밟으면 몸을 뒤척인다."라는 서양 속담도 같은 말들이다.

　살아있는 생명체들의 이런 반응을 사람의 경우에 적용해 본다. 사람들은 이런 미물들처럼 단순히 목숨 보존이라는 본능 외에도 사고와 인격을 갖춘 만물의 영장이다. 그러므로 신체적인 위험뿐만 아니라 심리적인 상처의 피해도 받는다. 어느 나라에서나, 특히 오랜 역사를 가진 사회에서는 사회적인 계급형성이 뿌리 깊게 박혀 있어서, 무의식적으로 사람들을 계급에 따라 차별하는 습관이 남아

094 Tramp on a snail, and she'll shoot her horns.
Tread on a worm and it will turn.

있다.

만인 평등의 민주주의 사회에서는 전통적 계급의식이 많이 퇴색했지만, 그 자리에 새로운 기준이 들어서서 평등사회를 향한 노력에 방해가 되고 있다. 재력에 따른 계급형성이 그 새로운 현상이다. 가끔 돈 많은 재벌가의 가족들이 자기 집에서 일하는 사람들을 "밟는" 행위를 반복적으로 해서 사회적 문제를 일으키는 경우를 뉴스에서 볼 수 있다. 이때 그들이 밟혔을 때 느끼는 아픔과 수모가 계속된다면, 밟힌 사람이 어떤 형태로 꿈틀할지 밟는 사람들은 조심해야 한다는 경고성을 담고 있는 속담이다.

095 지성이면 감천이다.

　　한국 속담 모음집과 영어로 된 속담 모음집을 훑어보면, 수천 개의 속담들 중에서 사람의 운명과 의지 관계를 주제로 한 속담이 많다. "자빠져도 코가 깨진다."(90)에서 읽을 수 있는 운명주의적 인생관을 담은 속담 여러 개를(26, 70, 76, 81) 앞에서 소개하였다. 반면에 이런 입장과는 대조되는 긍정의 철학을 담은 속담도 적지 않다.

　　살아가면서 수많은 난관과 도전을 맞게 되지만 굳은 의지와 인내심을 가지고 끈질기게 노력하면 운명을 정복할 수 있다는 긍정의 철학을 담은 속담들이다. "지성이면 감천"이라는 이 속담과 더불어 "열 번 찍어 안 넘어가는 나무 없다."(78) "천리길도 한걸음부터"(99) "티끌 모아 태산이다."(104) "하늘이 무너져도 솟아날 구멍이 있다."(109)라는 속담들이 그 예들이다. 서양 속담인 "근면은 행운의 어머니" "하늘은 스스로 돕는 자를 돕는다." "뜻이 있으면 길이

> **095** Diligence is the mother of good luck.
> Heaven helps those who help themselves.
> Where there's will, there's a way.

보인다." 등등 모두 긍정적 인생관을 강조한 속담들이다.

운명과 의지라는 두 개의 '세력' 중에서 어느 것이 사람의 일생에서 더 큰 영향을 끼칠까?《군주론》에서 마키아벨리는 사람의 일생은 50퍼센트 능력과 50퍼센트의 운으로 성패가 결정된다고 언급했다. 또 동양 철학에서는 "운칠기삼(運七技三) 운이 70퍼센트, 능력이 30퍼센트로 인생의 성패가 좌우된다는 설도 있다. 비관주의 인생관과 낙천주의 인생관은 선천적으로 타고난 성향인지 또는 삶의 경험에서 터득한 것인지 확실한 대답을 얻기 어렵다.

096 짚신도 짝이 있다.

　　짚신은 짚으로 만든 신발이다. 고무신이 나오기 이전이고, 지금 같이 가죽이나 합성재료로 만든 튼튼한 신발은 꿈도 꾸지 못하던 시대에, 서민들이 주위에서 흔히 얻을 수 있는 짚으로 만들어서 신고 다니던 신발이다. 짚으로 만들었으니 먼 거리를 걸어갈 만큼 튼튼하지 못했다. 더구나 비 오는 날에는 신을 수 없었던 신발이다. 이런 값싼 신발도 한 짝만으로는 별 소용이 없고, 두 짝이 있어야 신발 구실을 할 수 있다. "모든 남자애들은 자기하고 맞는 여자애들을 만난다." "못생긴 솥도 거기에 맞는 뚜껑이 있다." 라는 서양 속담도, 아무리 내세울 것 없는 사람도 짝이 있고, 짝을 갖춘 상태가 더 좋다는 것을 암시하고 있다.

　　"짚신도 짝이 있다."라는 단순한 서술 안에 "짚신도 짝이 있어야 한다."라는 권고가 들어있다고 보면, 사람도 자기에 맞는 짝이 있어야 제 구실을 할 수 있다는 해석이

096 Every Jack will find a Jill.
No pot so ugly as not to find a cover.

가능하다. 그렇다면 역사에서, 또 현재에도, 짝 없는 "나 홀로"의 일생을 살면서 위대한 업적을 이룬 많은 천재들의 삶은 어떻게 설명해야 할까? 내 개인적인 의견으로는, 속 담은 대중의 삶에 적용되는 대중을 위한 지혜를 담은 권고 이며, 예외 없는 진실은 아니다.

097 참을인 자가 셋이면 살인도 면한다.

참을성, 즉 인내는 대체로 장점으로 인정되고 있다. 그러나 이 속담에서 말하는 인내는 몸이 아픈 것, 삶의 고달픔, 홍수, 가뭄, 지진 같은 자연재해를 참고 견디는 인내를 말하기 보다는, 사람과 사람 사이에서 일어날 수 있는 갈등이나 분쟁에서 생기는 분노에 대한 인내를 의미하는 면이 강하다. 사회적으로 지위의 상하가 뚜렷한 경우에도 그렇고, 대등한 위치에 있는 경우에도 한 편이 다른 편에게 계속해서 모욕을 주거나 정신적 또는 물질적인 피해를 주었을 때, 분노가 폭발해서 폭력이나 살인으로 이어질 수 있다. 이 아슬아슬한 순간에 한 번 참고, 두 번 참고, 세 번 참으면, 두 사람 사이에 일어날 수 있는 살인과 같은 불상사는 일어나지 않는다는 경고성 훈계를 담은 속담이다.

이렇게 참았던 사람들의 덕으로, 사람 사는 세상은 수천 년 지속되었다. "너무 화가 나서 그 XX을 당장 죽여 버

> **097**
> Every misfortune is subdued
> by patience.
> Patience is a plaster for all sores.
> All things come to those who wait.
> He that endures is not overcome.

리고 싶었지만 억지로 참았지"라는 푸념을 들어본 적이 있
을 것이다. "인내하는 사람들은 결코 정복당하지 않는다."
"인내는 모든 상처에 바르는 고약이다.""참는 자에게 모
든 것이 돌아온다.""참는 자는 정복당하지 않는다."라는
서양 속담들 역시 인내의 미덕을 강조하고 있다. 개인의
권리를 존중하는 현대적 개념이 아직 자리 잡지 않았던 시
대에서, 대부분의 경우 약자의 입장에 있는 사람들에게 인
내와 양보를 권유해서 사회적 안정을 유지해왔을 것이라
고 추측해본다.

098 천 냥 빚도 말 한마디로 갚는다.

천 냥은 옛날부터 큰 금액의 돈을 가리키는 대명사로 쓰였다. 이런 거액을 갚는다는 어려운 일을, 말을 잘해서 갚아버렸다는 것은 현실적으로 믿기 어려운 일이다. 그렇지만 한국 역사에는, 실제로 말을 잘해서 천 냥을 갚았을 뿐 아니라 동시에 위기에 처한 고국을 구했던 영웅의 일화가 있다.

바로 고려시대, 서희 장군이다. 당시 중국 땅에 살던 '거란족'이라는 외적이 고려 영토를 침입하자, 목숨 걸고 적의 진영으로 들어가 담판을 해서 전쟁을 막았고, 고려의 영토를 확보했다는 기록이다. 한가지 궁금한 것은 서희 장군이 적장과 담판했을 때 한국어, 중국어, 거란족언어 중에서 어떤 말로 협상을 맺었는지, 또는 통역을 사용했는지에 대한 기록이 있는지 여부이다. "예의를 갖춘 말은 돈 한 푼 안 들지만 큰 이득을 얻을 수 있다." "말 잘하는 재주는

Lip-honor costs little, yet bring in much.
A good tongue is a good weapon.

좋은 무기이다."라는 서양 속담도 말 잘하는 재주를 높이 평가하는 속담들이다.

　말을 잘한다는 것에는 여러 국면이 있다. 깊은 지식은 없어도 어떤 소재에든 재미있게 말을 풀어나가는 재주, 풍부한 지식을 조리 있고 간결하게 표현하는 재주, 자기와 의견이 다른 상대방에게 공손하게 이의를 표하면서 실속을 챙기는 재주 등이 있다. 서희 장군의 재능은 아마 마지막 형의 재주를 기본으로 해서, 그 위에 다른 재주가 겹쳐져 있을 것으로 추측해 본다. 21세기 현재에도 말 잘하는 것이 천 냥 빚 갚는 것처럼 유용한 자산이 될 수 있다는 것은 많은 사람들이 체험하는 사실이다.

099 천리길도 한걸음부터

　"천리길"이라는 까마득한 먼 길도 첫걸음부터 차근차근 걷기 시작하면, 언젠가는 천리길의 끝인 목적지에 도착한다는 속담이다. 아무리 빨리 목적지에 도착하고 싶어도, 서유기에 나오는 손오공이 사용했다는 축지법을 써서 수만 리 길을 성큼성큼 뛰어넘는 방법은 현실에서는 존재하지 않는다. 사람이 평생 살아가는 과정은 마치 천리길을 걷는 것처럼 때로는 즐겁고, 때로는 지루하고, 때로는 힘든 긴 여정이다. 이런 도전에 마주쳤을 때, 첫걸음부터 참을성을 가지고 차근차근 진행해나가는 사람들은 마침내, 천리길을 다 걸어서 목적지에 도착했다는 기쁨을 누리게 된다. 서양 속담인 "천 마일의 여정도 한걸음부터" "사다리를 오르려는 사람은 맨 밑 계단부터 시작해야 한다." "한걸음 한걸음씩 가면 먼 길을 갈 수 있다."라는 속담들도 다 같은 뜻이다.

> **099**
> A journey of a thousand miles begins with one step.
> He who would climb the ladder must begin at the bottom.
> Step by step, one goes a long way.

요즈음처럼 모든 일이 초고속으로 진행되고, 모든 사람이 "성공"을 목표로 숨차게 달리고 있는 세상에서, 천리길을 한걸음 한걸음씩 걸어서 목적지에 도달하라는 가르침은 성과 위주인 현대사회에서는 쉽게 받아들여지기 어려운 권유이다.

그럼에도 불구하고, 이 속담은 사람들의 삶에서 인내와 여유는 꼭 필요하다는 교훈을 주고 있다.

100 청보에 개똥

　옛날에는 입는 옷에서부터 보자기 같은 일상용품을 만드는데, 흰색 무명이 가장 흔히 쓰이는 천이었다. 무명이 비단보다 싸고, 물감 드리는 비용이 안들기 때문이다. 따라서 푸른색 보자기라면 보통 무명이나 광목 같은 재료로 만든 보자기는 아닐 것이다. 아마 귀중한 물건을 싸는 데 쓰는 명주나 비단 같은 고급 천으로 만든 보자기일 것이다. 이 값비싼 보자기 안에는 값비싼 귀한 물건이 들어 있어야 하는데, 뜻밖에 개똥이 들어있다는 상식 밖의 일을 지적한 비유이다. "상아로 만든 칼집 안에 납으로 된 칼이 들어있다."라는 서양 속담도 마찬가지 현상을 가리키고 있다. 상아처럼 비싼 재료로 만든 칼집 안에 납처럼 싼 재료로 만든 칼이 들어있다는, 어울리지 않은 사태를 지적하고 있는 것이다.

　이 속담을 사람의 경우에 적용해 볼 수 있다. 겉으로

100   A sword of lead in a scabbard of ivory.

는 인물 좋고, 언변 좋고, 능력 있고, 의리 있는 "청보"이지만, 그 안을 드려다 보면 이기심, 탐욕, 허영심 같은 "개똥"이 들어있는 못된 사람이 있다는 비유이다. 교육수준과 문명수준이 높아진 현대사회에서도 이 "청보에 싼 개똥"이 넘쳐나고 있다.

101 초가삼간 다 타도 빈대 타죽어서 시원하다.

빈대는 날지도, 뛰지도 못하고 기어다니는 곤충이다. 낮에는 숨어 있다가 밤에 잠자는 사람 몸 위로 기어다니면서 사람의 피를 빨아먹고 산다. 그로인해 수많은 해충 중에서도 사람들이 가장 혐오하는 해충이다. 또 인구증가와 여행붐에 따라, 가뜩이나 번식력이 강한 빈대의 숫자는 폭발적으로 증가해서, 빈대박멸이라는 목표는 좀처럼 달성하기 어려운 목표로 남아있다. 서민들이 하루 종일 노동을 마치고 내일을 위해 잠을 푹 자야하는데 밤새도록 빈대가 온몸 위를 기어다니면서 피를 빨아먹는다면, 얼마나 괴롭고 화가 나고 분통이 터질까? 너무 화가 나서 전 재산인 초가삼간이 다 타더라도 이 지긋지긋한 빈대들을 태워 죽일 수만 있다면 속이 시원하겠다는 말이 튀어나올 만도 하다.

"코트 속에 숨어있는 벼룩들을 죽이기 위해서 털 코트를 오븐 속에 태워버린다." "쥐들을 쫓아버리려고 집을

> He got angry with the fleas and threw his fur coat into the oven.
> It's like burning one's house to get rid of the mice.
> Don't' cut off your nose to spite your face.

태워버린다." "얼굴이 너무 싫어서 코를 베어 버린다."라는 서양 속담도, 작은 일에 화가 나서 큰 손해 볼 짓 하는 것을 경계하는 속담들이다.

세상 살아가면서 누구나 참을 수 없을 정도로 화가 많이 났을 때, 화풀이의 대상을 찾아서 화풀이하고 싶다는 충동을 느낄 때가 많다. 그런 흥분된 상태에서도 중요한 일과 덜 중요한 일, 참아야 할 일과 참지 않아도 될 일을 분별하는 능력을 잃어버려서는 안 된다는 경고를 담고 있는 속담이다.

102 초년고생은 사서도 한다.

　　사람이 태어나서부터 세상을 떠날 때까지 어떤 형태의 고생이나, 역경, 위기를 거치지 않고 순풍에 돛단 듯이 일생을 편안하게 보내는 사람들도 있겠지만, 그럴 경우는 매우 드물다. 옛날에는 물려받은 재산만 가지고도 평생 고생 안하고 사는 사람도 있었다. 대지주나 대기업의 자손들이 부모의 과보호 밑에서 자라서, 세상물정 모르고 성년이 되어 흥청망청 제멋대로 돈을 쓰면서 방탕한 삶을 사는 경우가 많았었다. 그러다가, 어느 시점에서 전 재산을 날리게 되는 예들이 적지 않았다. "넘쳐나는 돈은 젊은이들을 망친다."라는 서양 속담도 같은 뜻의 경고이다. 이런 재난을 예방하는 방법 중의 하나가 바로 일찍부터 돈을 벌어보는 고생을, '사서라도' 시켜보는 것이다.

　　요즈음은 부호(富豪)의 자손들이 전 재산을 날려서 하루아침에 빈 털털이로 떨어지는 예가 드물어졌다. 부자

102 The abundance of money ruins youth.

들이 일찍부터 자손들의 교육에 관심을 두고, 값비싼 엘리트 교육에 집중 투자하는 추세이기 때문이다. 호사스럽게 자란 부유한 집의 자손들이 세계의 일류대학에 유학하면, 전 세계의 인재들과 두뇌경쟁을 해야 하는 도전에 마주치게 된다. 치열한 경쟁에서 도태되지 않기 위해서 정신적 초긴장상태에서 수년을 견디는 것도 "초년고생"의 범주에 들어가기 때문일 것이다. 막대한 액수의 돈을 들여서라도 젊었을 때 고생을 해보면, 나이 들어서 패가망신하는 길을 피할 수 있는 예방이 된다는 것을 깨우친 사람들이 많아졌다는 느낌이다.

콩 심은데 콩 나고,
팥 심은데 팥 난다.

콩을 심으면 콩이 나오고, 팥을 심으면 팥이 나온다는 당연한 자연현상을 말하고 있다. "사과는 사과나무 밑에 떨어지고," "독수리는 비둘기 새끼를 낳지 않고," "오이 넝쿨에서 가지가 열리지 않는다."는 서양 속담 모두 동물·식물의 세계에서도, 동종 간 암수의 교합을 통해서 같은 종족의 보존이 이루어진다는 것을 말해주고 있다.

이런 자연현상을 사람의 경우에 적용해 보자. 자식은 부모를 닮고, 부모를 닮은 자식은 또 자기를 닮은 자식을 낳으면서, 대대로 가족의 공통적인 유전인자가 전수된다. 이 공통적인 인자는 외모, 건강, 성격, 재능, 여러 면에서 다른 집 가족들과 구별할 수 있는 특징을 보유하고 있다. A씨 집안의 아이들은 학구적인 아버지를 닮아서 공부를 잘하고, B씨네 집 아이들은 음악가인 부모를 닮아서 모두 음악에 재주가 있다. 이때 사람들은 이들을 칭찬하는 방법으

> ## 103
> An apple does not fall far from its tree.
> Eagles do not breed doves.
> Egg-plants never grow on cucumber vines.

로 이 속담을 인용한다.

그러나 이 속담이 항상 호의적인 평판을 할 때에만 사용되는 것은 아니다. 알코올중독에 가까운 애주가로 소문난 C씨가 있다. 이 C씨의 대학생 아들이 친구들과 술집에 자주 드나든다는 소문이 돌면, 동네사람들은 즉시 "에이, 콩 심은데 콩 나고…."의 속담을 끄집어낸다. 이런 성급한 결론은 100퍼센트 맞는 말은 아니다. 최근 유전학에서는 사람들이 물려받는 유전인자는 부모, 조부모를 넘어 직계·방계, 수많은 세대까지 거슬러 올라갈 수 있다고 했다. 무능한 또는 무능해 보이는 부모에게서 유능한 자손이 나올 수 있다는 예가 많다. 그러므로 이 속담을 그대로 받아드리는 것은 옳지 않다.

104 티끌 모아 태산이다.

티끌같이 작은 물체라도 꾸준히 모으면 언젠가는 태산 같은 거대한 덩어리가 될 수 있다는 속담이다. 이는 아무리 적은 푼돈이라도 꾸준히 모으면 큰 재산을 모을 수 있다는 교훈이다. "작은 것들을 꾸준히 모으면 큰 덩어리가 된다." "작은 이득이 모여서 묵직한 지갑이 된다."라는 서양 속담도, 역시 근검절약의 가치를 장려하는 속담들이다.

요즈음은 이 속담의 가르침에 귀 기울이는 시대는 아닌듯하다. 전세기 후반에 시작된 새로운 테크닉 상품의 등장에 따른 초특급 부자들, 대규모 부동산 또는 증권투자를 통한 거부들이 세상을 지배하게 된 상태에서 "티끌 모아 태산"을 모으는 것 같은 재테크 방식은 이제는 웃음거리가 된, 옛날 얘기에 불과한 것이 아닌가 하는 의문이 들 수 있다.

104 From small things a great heap is made.
Light gains makes a heavy purse.

하지만 모든 사람들이 단시일에 "태산"을 이루는 일은 현실적으로 일어나기 힘들다. 단시일에 큰돈을 버는 재주가 없는 평범한 사람들의 입장에서, 노년 빈곤이라는 끔찍한 재난을 피하는 길은, 이 속담의 가르침대로 "티끌"을 모으는 지루한 일을 실천하는 것이다. "꾸준히 떨어지는 물방울이 바위를 뚫게 된다.(Constant dropping wears away a stone)"는 속담대로 평생 동안 절약, 저축을 계속하다 보면, 어느 시점에서 "태산" 같이 느껴지는 재산이 모여질 수 있다는 교훈을 주고 있다.

105 평양감사도 저 싫으면 그만이다.

수많은 한국 속담을 읽어 내려가다가 내가 처음으로 반가운 느낌을 받은 속담이다. 사회적 신분에서는 물론, 모든 가치체계에서 위계질서가 굳게 자리 잡고 있던 전통 한국사회에서 '평양감사'(평안감사)라는 요직 중의 요직을 마다할 만큼, 자신의 선택권을 주장한 사람이 있다는 것이 놀라웠기 때문이다.

평양감사는 전국 8도 감사 중에서, 권위와 실세를 갖춘 감사로서 많은 후보들이 임명받기 원하는 치열한 경쟁이 있는 요직이었다. 또한 중국과 가까운 거리에 있어서 외교적인 요충이었던 것도 평양감사의 위상을 높여주는 요소로 작용했었다. 여기에 더해서, 평안도는 풍광이 아름답고 미인들이 많은 지역이라는 점도 무시할 수 없는 매력이었다. 평양감사라는 직책이, 오랫동안 여러 권문세가의 자제들이나 야심 있는 관리들이 부임하고 싶어 했던 자리

105 There is no accounting for tastes.

였던 것은 당연한 일이었다.

이렇게 경쟁이 심했던 좋은 자리에 임명을 받았는데도, No를 하는 사람이 있다는 것을 믿을 수 있을까? 어떤 이유 때문에, 이런 좋은 자리를 싫다고 한 사람이 있었는지에 대한 설명이나 해석은 각자가 할 나름이다. "수많은 사람들의 각양각색의 취미는 정말 설명할 길이 없다."라는 서양 속담도, 상식으로는 이해하기 어려운 취미들이지만 이들 "이상한" 취미들에 대해서 제3자가 "옳다, 그르다"라는 설명이나 판단을 내릴 수 없다는 것을 말해주고 있다.

106 피는 물보다 진하다.

혈연관계가 참으로 중요하다는 것을 강조할 때 자주 쓰이는 말이다. 피는 색깔이 빨갛고, 따뜻하면서, 끈끈해서 서로 응고하는 힘이 강하다는 것도 가족관계를 연상시키는 요소들이다. 이런 특성을 지닌 피에 비해서, 자연 상태의 물은 맑고, 차갑고, 흐르기 쉬운 특성을 가지고 있다. 또 피는 투명하지 않아서 속을 들여다 볼 수 없는 반면, 물은 투명해서 속을 들여다 볼 수 있다.

까마득한 오랜 세월 동안 인류가 생존해 온 것이 바로 이 따뜻하면서 응고하는 힘이 강하고, 속을 들여다 볼 수 없다는 피의 특징 덕택이라고 볼 수 있을 것이다. 반면, 뜨거운 피만으로는 정상적인 사회가 제대로 기능을 발휘할 수 없다는 것을 인정할 필요가 있다. 사람들이 모두 피를 나눈 가족들의 안전과 번영만을 보장하느라고, 전체의 안전과 복지를 무시하게 되면 세상이 어떻게 될까? 투명하

106 Blood is thicker than water.

고 서로 응고하는 특성이 없는 물, 즉 이성이 없는 세상에
서는 진한 핏줄만으로는, 세상이 오래 존속될 수 없을 것
이다. "피는 물보다 진하다."라는 말은 부인하기 어려운 자
연현상이지만, 가족 이기주의를 합리화하는 도구로 쓰이
면 안 될 것이다.

107 핑계 없는 무덤 없다.

　　세상에 태어난 사람은 반드시 죽고, 죽으면 무덤에 묻히는 것이 피할 수 없는 운명이었고, 관례였다. 삶의 끝에서 죽는다는 것은 예외 없는 운명이지만 죽음을 맞게 된 원인은 사람마다 다를 수 있다. 무덤에 묻힌 고인들의 사인(死因)이 각각 다른 것처럼 산 사람들의 세상에서도, 모든 일에서 원인 없는 결과는 없다는 얘기이다. "모든 일에는 이유가 있다."라는 서양 속담도 같은 뜻이다. 죽음의 경우에만 "핑계"가 있는 것이 아니다. 삶에서 일어나는 수많은 일들, 기쁜 일, 슬픈 일, 화나는 일, 속상한 일들에도 다 핑계가 있다. 문제는 어떤 현상을 설명하기 위해서 핑계를 생각해 낼 수 있지만, 이 핑계를 설명하기 위한 핑계가 필요할 때가 있다는 것이다.

　　오랫동안 교사생활을 하면서 겪었던 일을 소개한다. 두형제의 학생 어머니는 작은아들이 과목마다 C학점 내지 그 이하를 받은 것을 보고 한숨을 쉬면서, 요새 가정 문제 때문에 아이에게 신경을 못 써줘서인 것 같다는 "핑계"를 했다. 나는 이 핑계를 듣고 나서, 곧 형의 성적을 보여주었다. 모두 A학점이었다.

그렇다면 두형제의 성적 차이를 설명해주는 또 다른 "핑계"가 있어야 하고, "핑계"의 긴 사슬이 형성될 것이다. 결국, 모든 것이 "조상 탓"이라는 편리한 답이 나오는 배경이다. 모든 생명을 무덤으로 이끄는 "핑계"가 단수가 아닌 긴 고리의 "핑계들"의 결과인 것처럼, 현실 생활에서도 행복과 불행, 성공과 실패는 한개의 "핑계"로만 설명할 수는 없고, 역시 핑계의 긴 고리의 결과라는 말이 될 수도 있다.

108 하나를 보면 열을 안다.

자연의 현상에서도, 사람의 행동에서도 한가지 상황을 보면 전체를 알아차릴 수 있다는 속담이다. 긴 겨울이 지나고 눈이 녹으면서 앞마당 꽃밭에 보일듯말듯한 파란 싹 한 개가 보이면, 아하 이제 봄이 와서, 곧 화초들이 앞다투어 싹을 피우며 자라겠구나 하는 것을 알게 된다. 사람의 경우에도 행동하나, 말 하나만 보고도 그 사람의 성격이나 습관을 추측할 수 있다는 지적이다. 앞에서 소개한 "될성부른 나무는 떡잎부터 안다.(30)"와 같은 맥을 이루는 속담이다.

미국에서는 하원의원 선거가 2년 만에 있고, 대통령 선거는 4년 만에 있다. 그 외에 여러 지방선거까지 포함하면 거의 매년 선거가 있다. 투표를 할 때마다 "하나를 보고 열을 알 수 있다."는 말대로, 후보에 대한 한가지 정보만을 근거로 해서 투표하는 경우가 있다.

108 From one you can tell ten.

그러나 사람의 됨됨이 전체를, "하나"를 가지고 판단하는 것은 너무 불공평 내지 가혹한 판단이 될 수 있다. 공직을 맡을 만큼 여러 조건을 갖춘 나무랄 데 없는 훌륭한 후보인데, 과거의 기록을 보니, 가난했던 20대에 학비를 마련하기 위해서 한동안 어떤 사기꾼의 심부름을 한 적이 있다는 기록이 나타났다. 이런 경우에 "하나를 보면 열을 안다."는 식으로 이 후보의 출마에 No를 계속해야 하는지, 쉽지 않은 결정이다. "지난날의 과오를 뉘우치고 선한 사람이 된다.(改過遷善)"라는 옛말도 있으니까, 한 번의 실수는 용서해야 한다는 변호도 있을 수 있다. 반면에 "표범은 자신의 무늬를 지워버릴 수 없다."라는 말에서처럼 타고난 천성은 고칠 수 없다는 말도 있다. "하나를 보면 열을 안다."에서 그 "하나"의 비중을 옳게 판단하는 것이 중요할 것이다.

109 하늘이 무너져도 솟아날 구멍이 있다.

이 책에서 모아본 한영속담 중에서, 7개의 가장 많은 영문판을 가진 속담이다. 살아가면서 큰 어려움을 만나 실의에 빠졌거나, 심한 경우에는 절망에 빠져있는 사람들을 격려하고, 삶에 대한 의욕을 불어 넣어주려는 의도를 담은 속담들이다. 물론 표현은 조금씩 다르지만 내용은 모두 암흑에서 빛을 찾을 수 있다는 메시지를 품고 있다.

이 한영 속담 모음집에 소개한 속담들 중에서, 이 속담과 같은 뜻을 가지고 있는 속담들을 꼽아 보았다. "양지가 음지되고, 음지가 양지된다."(73) "지성이면 감천이다."(95) "천리길도 한걸음부터"(99) "티끌 모아 태산이다"(104) 등, 모두 처음에는 고생스러운 처지에 놓여 있지만, 참고 꾸준히 노력하면 노력의 끝에는 목적을 달성할 수 있고, 캄캄한 터널 끝에는 빛이 있다는 긍정적인 인생관을 보여주는 속담들이다.

> **109**
> The sky may fall, but there is still a way
> to escape alive. Where there is life, there is hope.
> When misery is highest the help is nighest.
> As long as there is breath, there is hope.
> When all is lost, the future still remains.
> When things are at the worst, they will mend.
> When you come to an impasse, there will be a way through.

이와는 반대되는 메시지를 담은 것들도 많다.[1, 6, 26, 30, 76, 81, 90] 등이, 불가능한 일에 도전하기보다는 일찍이 포기하는 것을 직·간접으로 권고하는 운명주의 인생관을 담은 속담들이다.

사람들 중에는 어떤 환경에서든, 모든 일이 잘 풀릴 것이라고 믿는 낙천적인 사람들이 있다. 그와 반대로 모든 일이 다 안 될 것이라고 믿는 비관적인 생각으로 살아가는 사람들도 있다. 이 관점의 차이가 어느 시점에서, 어떤 경험 때문에 시작되고, 어떻게 의식 속에 자리 잡게 되었는지, 또는 살아가면서 이런 태도가 변할 수 있는지에 대한 명확한 대답은 얻기 힘들다.

110 호랑이 굴에 들어가야 호랑이 잡는다.

"호랑이 굴에 들어가야 호랑이를 잡는다."는 한국 속담과 "호랑이 굴에 들어가지 않으면 호랑이 새끼를 얻을 수 없다."라는 서양 속담 모두, 어떤 위험을 감수하지 않고는 목적을 달성할 수 없다는 뜻을 담고 있다. 호랑이 굴에 들어간다는 것은, 물고기를 잡기 위해서 험한 파도를 무릅쓰고 바다로 나가는 것이다. 또한 석탄이나 금은보석을 캐기 위해서 캄캄한 땅속으로 내려간다는 것에 비유될 만큼 위험한 시도이다.

21세기 현대사회에서는 이 속담의 내용에 동의하지 않는 사람들이 있다. 문명의 혜택으로 원하기만 하면, 호랑이 굴에 들어가는 위험을 무릅쓰지 않고도 안전한 입장에서 "호랑이나 호랑이 새끼들을 잡은" 사람들이 많기 때문이다.

그러나 이처럼 위험 없이 얻은 이익을 누리는 운 좋은

110 If you don't enter a tiger's den, you can't get his cubs.

사람들의 뒤에는, 예외 없이 생명의 위험을 무릅쓰고 이런 이득을 만들어낸 사람들이 있다. 속담 중에는 현실 그대로를 지적하는데 그치는 속담이 있는가 하면, 속담을 통해서 옳고 그름의 의미를 간접적으로 지적하는 교훈을 담은 속담들도 있다. 이 속담, 특히 영문속담에 담긴 뜻은 후자에 속한다고 볼 수 있다.

111 호랑이도 제 말하면 온다.

　　호랑이는 한국에서 서식하는 수많은 동물 중에서, 가장 용맹하고 잔인해서 모든 동물의 왕으로 군림해 왔었다. 깊은 산속에 살지만, 때로는 먹이를 찾으러 인가 가까이 내려오기도 해서, 한국의 전래 동화나 민속 그림에 자주 나타나는 동물이기도 하다. 이 속담에서 "호랑이는 제 말 하면 온다."가 아니고, "호랑이도 제 말하면 온다."는 것은 호랑이 외에 제 말을 하면 오는 것이 있다. "그것"이 있고, 그것이 바로 사람이라는 뜻을 품고 있다. 호랑이도 제 말을 하면 오는데, 사람의 경우에는 제 말을 하면 그 사람이 나타날 수 있다는 것이 옛날부터 내려오는 얘기이다. 아마 실제 생활에서 그런 일이 자주 일어났던 경험에서 나왔을 것이다.

　　여기에서 소개하지는 않았지만 "그 자리에 없는 사람은 항상 무언가 잘못이 있는 사람이다."라는 서양 속담이

111   Talk of the devil, and he is sure to appear.

있다. 현장에 없는 사람에게는 칭찬보다는 흉을 보는 경우가 흔히 있는 것을 빗대서 한 말이다. 이럴 경우, 비난이나 흉의 대상이 예고 없이 불쑥 나타날 수 있는 난처한 일이 생길 수 있다.

어느 단체 회원들이 모여서 회식을 하면서, 단체장에 대한 흉을 신나게 떠들고 있었다. 바로 그때 그 단체장이 불쑥 나타나는 경우가 있다. 그런 난처한 경우를 당하지 않으려면 그 자리에 없는 사람에 대한 비방, 조롱 같은 부정적인 평가는 하지 말아야 한다는 간접적인 경고를 담은 속담이다.

이 속담을 끝으로 111개의 한국 속담과 영어로 된 속담의 해설을 마친다.

감사의 말

　50년 가까운 교직생활에서 은퇴한지 어느새 10년이 넘었다. 은퇴 후 직장생활이라는 책임에서 벗어나서, 제2의 고향이 된 Los Angeles에서 편안한 삶을 살아가리라는 계획이, 뜻밖의 사정으로 북가주로 이사를 왔다. "사람은 계획하고 신은 웃는다."(Man plans, god laughs.)라는, 내가 자주 사용하는 말이 그대로 실현된 셈이다.

　북가주로 이사 와 살면서, 조용하고 무료한 시간을 동네 도서관에 드나들면서 보내던 중, 어느 날 우연히 동서양 속담 중에서, 뜻은 물론이고 단어까지 똑같은 속담들이 많다는 것을 알았다. 이 속담들을 짝 맞추고, 간단한 해설을 부치면 재미있는 작업이 될 것이라 생각했다. 하여, 모아놓은 속담들을 정리해서 100여 개의 비슷한 뜻의 속담들을 모았다. 이런 작업이 진행되는 동안, 아무도 상상할 수 없었던 코로나 바이러스의 침략으로, 온 세상

사람들의 정상적인 생활이 파괴되었다. 곧 전국적으로 바깥출입을 억제, 금지하는 정부의 지시가 내렸다. 이 금지령에 따라, 매일 드나들던 동네 도서관이 문을 닫게 되었다. 그로인해 꼼짝없이 집에 갇히게 된 일 년 동안, 그동안 모아두었던 자료를 사용해서 해설을 써온 것이 바로 이《천리길도 한걸음부터(한영속담 해설집)》이다.

이 책을 쓰기 시작해서 끝마칠 때까지, 근 2년이라는 세월이 흘렀다. 책을 세상에 내놓기 전에, 특별히 감사드리고 싶은 두 분이 계신다. 내 나이 14세 때 돌아가신 친가쪽 할머니와 성인이 되어서까지 자주 뵙고, 많은 얘기를 들려주시던 외가쪽 할아버지 두 분이시다. 이 두 분은 19세기와 20세기를 걸쳐 사셨던 분들이어서, 당시 사람들이 살았던 삶의 모습을 통해 한국의 전통, 관습에 대해 말씀해주었고, 올바른 삶을 살아가는 윤리와 법도를 가르쳐주신 분들이다. 만약 두 분이 들려주었던 애기를 적어놓았더라면 정사(正史)에서 나오지 않는 야사(野史)에 담긴 흥미 있는 애기 거리를 많이 가지고 있었을 것이다. 그런데 그 당시에는 아무 소용없는 옛날 애기라고 귓등으로만 흘려버렸던 것이 후회스럽다.

　이 책 작업을 계속하는 동안, 아낌없는 격려와 조언을 해주신 가족, 친지, 친구들에게 감사를 표한다. 아울러 이 책이 독자들에게 선보일 수 있도록 도와주신 〈해누리 출판사〉에게도 감사함을 전한다.

2021년, 김순진

【참고 문헌】

• 《한권으로 읽는 한국의 속담》, "권순우 편역, 송원, 2006

• 《겨레의 슬기 속담 3000》, 교학사, 1988

• A Dictionary of American Proverbs, Edited by Wolfgang Mieder, Stewart A. Kingsbury and Kelsie B. Harder, 1992

• Oxford Dictionary of Proverbs, Edited by Jennifer Speake, Oxford University, 2003

• Harold V. Cordy, The Multicultural Dictionary of Proverbs, McFarland & Company, Inc. Publishers, Jefferson, North Carolina, and London, 1997

• The Oxford Dictionary of English Proverbs, Compiled by William George Smith, Edited by F. P. Wilson, Oxford At the Clarendon Press, 1970